Théophile Gautier

Jettatura

Théophile Gautier

Jettatura

ISBN/EAN: 9783743611719

Hergestellt in Europa, USA, Kanada, Australien, Japan

Cover: Foto ©Andreas Hilbeck / pixelio.de

Manufactured and distributed by brebook publishing software (www.brebook.com)

Théophile Gautier

Jettatura

Jettatura.

Von

Theophil Gautier.

Deutsch

von

A. Kretzschmar.

Leipzig.
J. A. Bergson-Sonenberg.

I.

Der Leopold, ein stattliches toskanisches Dampfschiff, welches die Ueberfahrt von Marseille nach Neapel vermittelt, hatte so eben die Spitze von Prociba umsegelt. Die Passagiere waren alle auf dem Deck und fühlten sich durch den Anblick des Landes auf weit wirksamere Weise von der Seekrankheit geheilt, als durch die Bonbons von Malta und andere Mittel, welche man in dergleichen Fällen anzuwenden pflegt.

Auf dem Verdeck, innerhalb des für die ersten Plätze reservirten Raumes, befand sich eine Anzahl Engländer, die sich so viel als möglich von einander abzusondern und eine unüberschreitbare Demarkationslinie um sich zu ziehen suchten.

Ihre milzsüchtigen Gesichter waren sorgfältig rasirt, ihre Cravatten ließen kein falsches Fältchen sehen, ihre steifen, weißen Hemdkragen schienen aus Velinpapier geschnitten zu sein; ganz frische Handschuhe von schwedischem Leder bedeckten ihre Hände und der Firniß des Lord Elliot spiegelte auf ihrem neuen Schuhwerk.

Man hätte meinen sollen, sie kämen aus einem der Fächer ihres Reisenecessaires, denn ihre völlig correcte Erscheinung ließ keine jener kleinen Unordnungen in der

Toilette bliden, welche die gewöhnliche Folge des Reifens zu fein pflegen.

Es gab hier Lords, Mitglieder des Unterhauses, Kaufleute aus der City, Schneider aus Regents Street und Messerschmiede von Scheffield, alle sauber und anständig, alle ernst, alle unbeweglich, alle gelangweilt.

Auch an Damen fehlte es nicht, denn die Engländerinnen lieben nicht eine sitzende ruhige Lebensweise wie die Frauen anderer Länder, sondern benutzen den unbedeutendsten Vorwand, um ihre Insel zu verlassen.

Neben Ladies und Mistresses, Schönheiten im Herbststadium und mit kupferigem Teint, strahlten unter ihrem Schleier von blauer Gaze junge Misses, deren Gesichtsfarbe ein Gemisch von Milch und Erdbeeren zu sein schien, mit langen blonden Locken, langen und weißen Zähnen, an die Stahlstiche der englischen Taschenbücher erinnernd, indem sie dieselben zugleich gegen den Vorwurf der Uebertreibung, den man ihnen so oft macht, rechtfertigten.

Diese liebenswürdigen Personen mobulirten jede ihrerseits mit dem köstlichsten britischen Accent die durch den Gebrauch geheiligte Redensart: „Vedi Napoli e poi mori," befragten ihr Reisehandbuch oder schrieben ihre Eindrücke in ihr Notizbuch, ohne im mindesten auf die Blicke à la Don Juan zu achten, die einige in ihrer Nähe herumtreibende pariser Windbeutel ihnen zuwarfen, während die erbitterten Mamas in gedämpftem Tone über die französische Dreistigkeit murrten.

An der Grenze des aristokratischen Quartiers promenirten, Cigarren rauchend, drei oder vier junge Leute, die an ihren Stroh- oder grauen Filzhüten, an ihren mit großen Hornknöpfen besetzten Sackpaletots und an ihren weiten Zwillichbeinkleidern mit leichter Mühe als Künstler zu erkennen waren — eine Voraussetzung, die übrigens auch durch ihre Schnurrbärte à la Van Dyck und durch ihr à la Rubens gelocktes oder à la Paul Veronese kurz verschnittenes Haar bestätigt ward.

Sie waren, obschon in ganz anderer Absicht als die

Modegecken, bemüht, einige Profils der Schönheiten zu erfassen, welchen ihre knappen Vermögensumstände sie abhielten, sich noch mehr zu nähern, und diese Beschäftigung lenkte ihre Aufmerksamkeit ein wenig von dem prachtvollen Panorama ab, welches vor ihren Augen ausgebreitet dalag.

An der Spitze des Schiffes, auf die Schanze gestützt oder auf Tauknäueln sitzend, befanden sich die armen Leute der dritten Plätze. Sie sprachen den Lebensmitteln zu, welche sie in Folge der Seekrankheit bis jetzt unberührt gelassen, und hatten keinen Blick für das bewundernswürdigste Schauspiel der Welt, denn der Sinn für Naturschönheiten ist das Vorrecht veredelter Geister, welche nicht einzig und allein durch die materiellen Bedürfnisse des Lebens in Anspruch genommen werden.

Das Wetter war schön. Die blauen Wogen entrollten sich mit langsamem, weitgreifendem Schlage und hatten kaum die Kraft, die von dem Kiel des Schiffes gezogene Furche wieder verschwinden zu machen. Der Rauch des Schlots, welcher die Wolken dieses prachtvollen Himmels bildete, löste sich langsam in leichte Flocken auf, und die Schaufeln der Räder wühlten in von Regenbogenfarben durchflimmerten Diamantstaub und schlugen das Wasser mit freudiger Rührigkeit, als ob sie sich der Nähe des Hafens bewußt wären.

Jene lange Reihe von Hügeln, welche von Pausilippo bis zum Vesuv den wunderbaren Golf zeichnet, in dessen Hintergrunde Neapel ruht, wie eine Meernymphe, die nach dem Bade sich am Strande trocknet, begannen ihre violetten Ondulationen anzudeuten und hob sich in immer kräftigeren Strichen gegen den strahlenden Azur des Himmels ab. Schon verriethen einige weiße Punkte, von dem dunkleren Hintergrunde der Felder abstechend, die Gegenwart der in der Campagna umhergestreut liegenden Villas.

Die Segel von in den Hafen zurückkehrenden Fischerbooten glitten über die blaue glatte Fläche hin wie das von dem Winde getriebene Gefieder eines Schwans und gaben Zeugniß von der menschlichen Thätigkeit auf der majestätischen Einöde des Meeres.

Nach noch einigen Umdrehungen der Räder zeigten sich das Castell St. Elmo und das Kloster St. Martino in deutlicher Weise auf dem Gipfel des Berges, an welchen Neapel sich anlehnt, hinweg über die Kuppeln der Kirchen, die Terrassen der Hotels, die Dächer der Häuser, die Façaden der Paläste und das Grün der in dem leuchtenden Dunste nur erst unbestimmt angedeuteten Gärten.

Es dauerte nicht lange, so schien das auf seiner schaumbespülten Klippe sitzende Castell dell' Uovo gegen das Dampfschiff vorzurücken und der Hafendamm mit seinem Leuchtthurm streckte sich wie ein Arm, der eine Fackel hält.

Am äußersten Ende der Bai vertauschte der nun näher gerückte Vesuv die bläulichen Tinten, womit die Entfernung ihn bekleidete, gegen kräftigere und solidere Farbentöne. Seine Flanken wurden von Schluchten und geronnenen Lavaströmen durchfurcht und aus seinem siebartig durchlöcherten Kegel drangen sichtbar kleine weiße Rauchsäulen hervor, die im leichten Windhauche erzitterten.

Man unterschied nun deutlich Chiatamone, Pizzo Falcone, den Quai von Santa Lucia, alle von Hotels umsäumt, den königlichen Palast mit seinen Reihen von Balconen, den neuen Palast mit seinen seltsam gestalteten Thürmen, das Arsenal und die Schiffe aller Nationen, welche ihre Masten und Spieren durch einander reckten wie die blätterlosen Bäume eines Waldes. Aus seiner Kajüte trat jetzt ein Passagier heraus, der sich während der ganzen Ueberfahrt nicht hatte sehen lassen, sei es, daß die Seekrankheit ihn in seinem Behältniß zurückgehalten, sei es, daß er aus Menschenfeindlichkeit sich nicht mit den übrigen Reisenden hatte vermengen wollen, oder sei es, daß dieses für die Mehrzahl neue Schauspiel ihm schon längst bekannt war und kein Interesse mehr darbot.

Es war ein junger Mann von sechsundzwanzig bis achtundzwanzig Jahren, oder dem man wenigstens versucht war, auf den ersten Anblick dieses Alter beizulegen, denn wenn man ihn mit Aufmerksamkeit betrachtete, so fand man ihn entweder jünger oder älter, so sehr mischten sich in seiner räthselhaften Physiognomie Frische und Abspannung.

Sein dunkelblondes Haar spielte in jene Nüance, welche die Engländer auburn nennen, und zeigten im Sonnenscheine einen leuchtenden Metallglanz, während es im Schatten beinahe schwarz zu sein schien.

Sein Profil bot rein gezeichnete Linien dar, eine Stirn, deren Hervorragungen ein Phrenolog bewundert haben würde, eine stattliche Adlernase, gutgeformte Lippen und ein Kinn, dessen mächtige Rundung an die antiken Medaillen erinnerte.

Und dennoch bildeten alle diese an und für sich schönen Züge kein angenehmes Ganze. Es fehlte ihnen jene geheimnißvolle Harmonie, welche die Umrisse mildert und in einander verschmilzt.

Die Sage erzählt von einem italienischen Maler, der, als er den sich empörenden Erzengel darstellen wollte, sein Gesicht aus sich widersprechenden Schönheiten zusammensetzte und auf diese Weise einen weit größeren Ausdruck von Furchtbarkeit erzielte als durch Hörner, dreieckige Augenbrauen und einen verzerrten Mund.

Das Gesicht des Fremden äußerte einen Eindruck dieser Art. Seine Augen ganz besonders waren ganz außerordentlich. Die schwarzen Wimpern, welche sie umsäumten, bildeten einen seltsamen Gegensatz zu der blaßgrauen Farbe der Augensterne und dem kastanienbraunen Haar. Die geringe Stärke des Nasenbeins ließ sie einander näher erscheinen als die Gesetze der Zeichenkunst gestatten, und was ihren Ausdruck betraf, so war dieser geradezu nicht zu definiren.

Wenn sie auf nichts hafteten, so malte sich darin eine unbestimmte Melancholie, eine schmachtende Zärtlichkeit in feuchtem Scheine.

Hefteten sie sich dagegen auf irgend eine Person oder irgend einen Gegenstand, so zogen sich die Brauen zusammen und bildeten in der Haut der Stirn eine senkrechte

Falte. Die vorher grauen Augensterne wurden grün, bekamen schwarze Punkte und wurden von dünnen gelben Streifen durchzogen. Der Blick drang scharf, beinahe verletzend daraus hervor, dann gewann alles wieder seine frühere Sanftheit und die Person mit dem mephistophelischen Ausdrucke ward wieder ein junger Weltmann, Mitglied des Jockeyclubs, wenn man will, der im Begriff stand, die Saison in Neapel zuzubringen und froh war, nun bald den Fuß auf das Lavapflaster setzen zu können, welches weniger beweglich war, als das Verdeck des „Leopold".

Seine Kleidung war elegant, ohne jedoch durch irgend ein sichtbares Detail das Auge besonders anzuziehen. Ein dunkelblauer Ueberrock, ein gemustertes schwarzes Halstuch, dessen Knoten weder etwas Gekünsteltes noch Vernachlässigtes hatte, eine Weste von derselben Zeichnung wie die Kravatte, ein hellgraues auf einen feinen Stiefel herabfallendes Beinkleid bildeten seine Toilette. Die Kette an seiner Uhr war von glattem Gold und an einer einfachen seidenen Schnur hing sein Augenglas. Seine wohlbeschuhete Hand schwenkte ein kleines dünnes Stöckchen von gewundener Weinrebe mit silbernem Knopf.

Er that einige Schritte auf dem Deck und ließ in unbestimmter Weise seinen Blick nach dem Strande schweifen, der immer näher rückte und auf welchem man die Wagen rollen, die Bevölkerung wimmeln und jene Gruppen von Müßiggängern stehen sah, für welche die Ankunft einer Diligence oder eines Dampfbootes ein stets neues Schauspiel ist, wenn sie es auch schon tausend Mal betrachtet haben.

Schon stieß von dem Hafendamm ein ganzes Geschwader von Booten und Schaluppen ab, welche sich zur Erstürmung des Leopold anschickten; ihre Mannschaft bestand aus Hotelkellnern, Lohnbedienten, Kofferträgern und anderem Gesindel, welches gewohnt ist, den Fremden als seine Beute zu betrachten.

Jedes dieser Fahrzeuge ruderte so schnell als möglich,

um zuerst zu kommen und die Ruderer tauschten ihrer Gewohnheit gemäß eine Menge Schimpf- und Schmähreden aus, welche wohl geeignet waren, Leute, die mit den Sitten der niederen Volksklassen zu Neapel unbekannt waren, ein wenig zu schrecken.

Der junge Mann mit dem kastanienbraunen Haar hatte, um die Einzelnheiten des sich vor ihm entrollenden Schauspiels besser zu erfassen, sein Doppellorgnon auf die Nase gesetzt. Seine durch das aus den Fahrzeugen aufsteigende Geschrei und Getöse von dem erhabenen Anblick der Bai abgelenkte Aufmerksamkeit concentrirte sich jedoch auf die Boote. Ohne Zweifel war der Lärm ihm lästig, denn seine Augenbrauen zogen sich zusammen, die Falte seiner Stirn höhlte sich und das Grau seiner Augensterne gewann eine gelbe Färbung.

Eine unerwartete Woge, die von einer Schaumfranse umsäumt, von der hohen See hereingerollt kam, fuhr unter dem Dampfboot, welches sie emporhob und dann wieder schwerfällig niederplumpen ließ, hindurch, brach sich an dem Quai in Millionen Flimmerchen, durchnäßte die durch dieses plötzliche Douchebad nicht wenig überraschten Spaziergänger und warf durch die Gewalt ihres Rückschlags die Fahrzeuge so hart gegen einander, daß drei oder vier Lastträger ins Wasser stürzten.

Der Unfall war kein folgenschwerer, denn diese Gesellen schwimmen alle wie Fische oder Meergötter, und einige Sekunden darauf kamen sie wieder zum Vorschein mit an den Schläfen klebendem Haar, das bittere Wasser durch Mund und Nase wieder von sich spuckend und über diesen Wassersturz sicherlich eben so erstaunt als Telemach, der Sohn des Ulysses, es sein konnte als Minerva in der Gestalt des weisen Mentor ihn von der Höhe eines Felsens in das Meer hinabschleuderte, um ihn der Liebe der schönen Eucharis zu entreißen.

Hinter dem bizarren Reisenden, in ehrerbietiger Entfernung stand neben einer Anzahl aufgethürmter Koffer ein kleiner Groom, eine Art fünfzehnjähriger Greis, ein Gnom in Livree, ähnlich jenen Zwergen, welche die chinesische Geduld in Vasen aufzieht, um sie nicht groß werden zu lassen. Sein plattes Gesicht, auf welchem die Nase kaum hervorragte, schien von der frühesten Kindheit an zusammengedrückt worden zu sein und seine ziemlich hervortretenden Augen besaßen jene Sanftmuth, welche gewisse Naturforscher in denen der Kröte finden. Kein Höcker rundete seine Schultern oder wölbte seine Brust und dennoch dachte man bei seinem Anblick unwillkührlich an einen Buckeligen, obschon man seinen Buckel vergebens gesucht hätte.

Es war mit einem Worte ein sehr anständiger Groom, der sich ganz wohl bei den Wettrennen in Ascott oder in Chantilly hätte präsentiren können; jeder Gentleman-rider hätte ihn auf sein schlechtes Aussehen hin engagirt. Er war eine unangenehme Erscheinung, aber tadellos in seinem Genre, gerade so wie sein Herr.

Man stieg ans Land. Die Träger theilten, nachdem sie mehr als homerische Schimpf- und Schmähreden ausgetauscht, sich in die Fremden und das Gepäck und nahmen den Weg nach den verschiedenen Hotels, mit welchen Neapel so reichlich versehen ist.

Der Reisende mit dem Lorgnon und sein Groom lenkten ihre Schritte nach dem Hôtel de Rome, gefolgt von einer zahlreichen Phalanx rüstiger Träger, welche unter der Last einer pappenen Hutschachtel oder eines leichten Kästchens seufzten und keuchten, in der naiven Hoffnung auf ein größeres Trinkgeld, während vier oder fünf ihrer Kameraden, deren Muskelbau mit dem eines Herkules wetteiferte, einen Karren vor sich herschoben, in welchem zwei Koffer von eben so mäßigem Umfange als Gewicht hin und herkollerten.

Als man an dem Thore des Hotels angekommen war und der Padrone di casa seinem neuen Gaste das Zimmer angewiesen hatte, welches er bewohnen sollte, begannen die Träger, obschon sie ungefähr das Dreifache von dem erhalten hatten, was sie eigentlich für ihre Bemühung verlangen konnten, eine Reihe wahnsinniger Gesticulationen

und Reden, in welchen Bitten und Drohungen sich auf die
komischste Weise mischten. Mit einer wahrhaft entsetzlichen
Zungenfertigkeit sprachen alle auf einmal, verlangten noch
mehr Trägerlohn und schwuren hoch und theuer, daß sie
für ihre Anstrengung noch lange nicht hinreichend belohnt
seien.

Pabby, welcher allein zurückgeblieben war, um ihnen
die Spitze zu bieten — denn sein Herr war, ohne sich um
diesen Lärm zu kümmern, schon die Treppe hinaufgestiegen
— glich einem von einer Meute Hunde umringten Affen.

Er versuchte, um diesen tobenden Orkan zu beschwich=
tigen, eine kleine Rede in seiner Muttersprache, das heißt
auf englisch.

Diese Rede war von sehr geringem Erfolg begleitet.
Nun aber ballte er die Fäuste, hob die Arme bis zur Höhe
der Brust, warf sich zur großen Heiterkeit der Lastträger
in eine schulgerechte Boxerstellung und versetzte mit einer
eines Adams oder Tom Cribbs würdigen Kraft und Schnel=
ligkeit dem Riesen der Bande einen solchen Schlag mitten
auf den Leib, daß dieser auf die Lavaplatten des Pflasters
hinabtaumelte und alle Vier in die Lüfte streckte.

Diese Heldenthat schlug den ganzen Trupp in die Flucht.
Der Koloß richtete sich schwerfällig und ganz zerschlagen
von seinem Falle wieder empor und ging, ohne an Pabby
Rache zu nehmen zu suchen, davon, indem er sich in kläg=
licher Weise die bläuliche Spur, welche seine Haut zu färben
begann, mit der Hand rieb, überzeugt, daß ein Dämon
in der Jacke dieses Pavians verborgen sein müsse, der
höchstens dazu taugte, auf dem Rücken eines Hundes zu
reiten und welchen er durch einen Hauch seines Mundes
niederwerfen zu können geglaubt hätte.

Der Fremde ließ den Maestro di casa rufen und fragte
ihn, ob vielleicht ein Brief an die Adresse des Herrn Paul
von Aspremont in dem Hôtel de Rome abgegeben wor=
den sei.

Der Hotelwirth antwortete, daß in der That ein Brief

mit dieſer Aufſchrift ſeit einer Woche in dem Briefregal warte und beeilte ſich, ihn zu holen.

Der Brief, welcher in ein dichtes Couvert von feinem ſtarkem Papier und mit einem Siegel von Goldlack verſchloſſen war, zeigte jene ſchrägliegende aus eckigen Grund- und runden Haarſtrichen zuſammengeſetzte Handſchrift, welche eine hohe ariſtokratiſche Erziehung verräth und welche — vielleicht ein wenig allzugleichförmig — den jungen Engländerinnen von guter Familie eigen zu ſein pflegt.

Der Inhalt dieſes Briefes, welchen Herr von Aſpremont mit einer Eile öffnete, der vielleicht nicht blos Neugier zum Grunde lag, war folgender:

„Mein lieber Herr Paul!

„Seit zwei Monaten ſind wir in Neapel angelangt. Während der in kleinen Tagereiſen zurückgelegten Tour beklagte mein Onkel ſich fortwährend bitterlich über die Hitze, die Muskitos, den Wein, die Butter, die Betten u. ſ. w. Er ſchwur, man müſſe geradezu von Sinnen ſein, daß man ein behagliches Landhaus in der Nähe von London verließe, um ſich auf ſtaubigen Landſtraßen und in abſcheulichen Herbergen herumzutreiben, in welchen kein anſtändiger engliſcher Hund eine Nacht würde zubringen wollen. Aber während er ſo ſchalt und murrte, begleitete er mich doch und ich hätte ihn bis ans Ende der Welt geführt. Er befindet ſich nicht ſchlechter und ich, ich befinde mich beſſer.

„Wir bewohnen am Meeresſtrande ein weißgetünchtes Haus in einer Art Urwald von Orangen-, Citronen-, Myrthen- und Lorbeerbäumen und anderen exotiſchen Gewächſen.

„Von der Höhe der Terraſſe hat man eine wunderſchöne Ausſicht und Sie werden hier alle Abende eine Taſſe Thee oder ein Glas Eislimonade — ganz nach Ihrer Wahl — finden. Mein Onkel, den Sie, ich weiß nicht wie, bezaubert haben, wird ſich höchlich freuen, Ihnen die Hand zu drücken.

„Brauche ich wohl hinzuzufügen, daß ihre Dienerin Ihren Beſuch ebenfalls nicht ungern ſehen wird, obſchon

Sie ihr, als sie ihr auf dem Hafendamme von Folkestone
Lebewohl sagten, mit ihrem Ringe die Finger verwundeten?

„Alicia W."

II.

Nachdem Paul von Aspremont sich sein Diner in seinem
Zimmer hatte auftragen lassen, verlangte er einen Wagen.
In der Nähe großer Hotels halten deren stets und
warten nur auf den Wunsch der Reisenden. Pauls Wunsch
ward daher auf der Stelle erfüllt.

Die neapolitanischen Miethpferde sind so mager, daß
Don Quichote's Rosinante sich daneben wohlbeleibt aus=
nehmen würde. Ihre fleischlosen Köpfe, ihre Flanken, an
welchen die Rippen hervorstehen wie Faßreifen, ihr stets
wundgeriebenes Rückgrat scheinen das Messer des Abdeckers
als eine Wohlthat herbeizurufen, denn diesen Thieren Futter
zu geben, wird von der südlichen Nachlässigkeit als eine
überflüssige Mühe betrachtet. Das in den meisten Fällen
zerrissene Geschirr ist mit Stricken geflickt und wenn der
Kutscher seine Zügel zusammengerafft und mit der Zunge
geschnalzt hat, um sein Fuhrwerk in Bewegung zu setzen,
sollte man glauben, die Pferde würden in Ohnmacht fallen
und der Wagen sich in Dunst auflösen, gerade wie der
Wagen Aschenbrödels, als sie trotz des Verbotes der Fee
nach Mitternacht vom Balle zurückkam.

Aber es geschieht nichts dergleichen. Die Gäule richten
sich in die Höhe und fallen nach einigem Hin= und Her=
schwanken in einen Galopp, den sie fortan beibehalten.
Der Kutscher theilt ihnen seinen Eifer mit und die Schmitze
seiner Peitsche weiß den letzten in diesen Skeletten ver=
borgenen Lebensfunken zu wecken. Die Pferde keuchen,
bewegen die Köpfe, geben sich ein stolzes Ansehen, rollen

die Augen hin und her, blähen die Nüstern und bewegen sich mit einer Schnelligkeit, welcher die raschesten englischen Traber nicht gleichkommen würden.

Auf welche Weise kommt dieses Wunder zu Stande und welche Macht verleihet todten Thieren die Fähigkeit, sich in gestrecktem Galopp zu bewegen? Wir vermögen dies nicht zu erklären. So viel aber steht fest, daß dieses Wunder tagtäglich in Neapel stattfindet und daß Niemand darüber Erstaunen an den Tag legt.

Der Wagen des Herrn Paul von Aspremont flog durch die dichtgedrängte Menge dicht vorüber an den Acquajoli=buben mit den Citronenguirlanden, an den Backwerk= und Maccaroniküchen unter freiem Himmel, an den Fruchtvor=räthen, die auf der öffentlichen Straße aufgethürmt liegen, wie die Kugeln in einem Artilleriepark.

Kaum nahmen die längs der Mauern hingestreckten, in ihre zerlumpten Mäntel gehüllten Lazzaroni sich die Mühe, ihre Beine zurückzuziehen, um nicht von den Pferden ge=treten zu werden.

Von Zeit zu Zeit kam ein zwischen seinen großen schar=lachroth angestrichenen Rädern schwebender Corricolo, be=laden mit einer Welt von Mönchen, Kinderwärterinnen, Lastträgern und Gassenbuben an der Kalesche vorüber, deren Axe sie mitten in einer Wolke von Staub und Lärm streifte.

Gegenwärtig sind die Corricoli verbannt und es ist ver=boten, neue zu schaffen, aber man kann einen neuen Kasten auf alte Räder setzen, oder neue Räder an einem alten Kasten befestigen — ein sinnreiches Mittel, welches diesen bizarren Fuhrwerken gestattet, sich zur großen Freude der Liebhaber der Localfarbe noch lange zu erhalten.

Unser Reisender widmete diesem lebensvollen, malerischen Schauspiel, welches sicherlich einen Touristen, der in dem Hôtel de Rome nicht ein mit „Alicia W." unterzeichnetes Billet an seine Adresse vorgefunden hätte, vollständig an=gezogen haben würde, eine nur sehr zerstreute Aufmerk=samkeit.

Er betrachtete flüchtig das durchsichtige blaue Meer mit den in leuchtendem Scheine aus der Ferne herüber wie Amethysten und Saphire funkelnden schönen Inseln, die fächerartig am Eingange des Golfs liegen — Capri, Ischia, Nisita, Prociba, deren harmonische Namen, wie griechische Daktylen, klingen. Seine Seele aber war nicht hier. Diese eilte geraden Fluges in der Richtung von Sorrente dahin nach dem kleinen weißen Hause in der grünen Umgebung, von welcher Alicia's Brief sprach.

Das Gesicht des Herrn von Aspremont hatte in diesem Augenblick nicht jenen schwer zu beschreibenden unangenehmen Ausdruck, der es charakterisirte, wenn die sich widersprechenden Vorzüge desselben nicht durch eine innerliche Freude zu einem harmonischen Ganzen umgeschmolzen wurden. Es war wirklich schön und „sympathisch," um uns eines den Italienern besonders theuren Wortes zu bedienen. Der Bogen seiner Augenbrauen war nur wenig gespannt; die Winkel seines Mundes senkten sich nicht verächtlich herab und ein zärtlicher Schimmer leuchtete aus seinen ruhigen Augen.

Jetzt hätte man vollständig die Gefühle verstanden, welche in Bezug auf ihn in den halb zärtlichen halb spöttischen Redensarten angedeutet waren, die auf dem feinen Briefpapier geschrieben standen. Seine originelle und dabei in hohem Grade distinguirte Erscheinung mußte nothwendig einer jungen Miß gefallen, die durch einen alten sehr nachsichtigen Onkel auf englische Weise nach liberalen Grundsätzen erzogen worden.

Bei der Art und Weise, wie der Kutscher seine Thiere antrieb, war man bald über Chiaja und die Marinella hinaus und der Wagen rollte im Freien auf jener Straße dahin, die jetzt durch eine Eisenbahn ersetzt worden ist.

Ein schwarzer Staub gleich pulverisirter Kohle giebt dieser ganzen Gegend, über welcher ein funkelnder Himmel sich wölbt und die von dem azurnen Meere bespült wird, ein plutonisches Ansehen. Es ist der von dem Winde gesiebte Ruß des Vesuvs, welcher dieses Gestade bestreuet, und den Häusern von Portici und Torre bel Greco eine große Aehnlichkeit mit den Werkstätten von Birmingham verleiht.

Herr von Aspremont beschäftigte sich aber durchaus nicht mit dem Contrast des schwarzen Bodens und des blauen Himmels; er sehnte sich vielmehr, bald an Ort und Stelle zu kommen, die schönsten Wege sind lang, wenn man am Ende derselben von Miß Alicia erwartet wird und man ihr vor sechs Monaten auf dem Hafendamm von Folkestone Lebewohl gesagt hat. Der Himmel und das Meer von Neapel verlieren dann ihre Zauberkraft.

Der Wagen verließ die Landstraße, schlug einen Querweg ein und machte vor einem Thore Halt, welches durch zwei Säulen von weißen Lacksteinen gebildet ward, worauf Urnen von rother Erde standen, in welchen Aloes ihre blechartigen, mit scharfen Spitzen versehenen Blätter ausbreiteten.

Ein grün angestrichenes Gitter diente als Verschluß. Die Stelle der Mauer vertrat eine Cactushecke, deren Schößlinge mißgestaltete Ellbogen bildeten und ihre Kolben auf unentwirrbare Weise durcheinander verflochten.

Ueber der Hecke breiteten drei oder vier ungeheure Feigenbäume in compacten Massen ihre breiten Blätter von metallischem Grün mit einer wahrhaft afrikanischen Kraft der Vegetation aus. Eine große Fächertanne schaukelte ihren Schirm und kaum erblickte man durch die Zwischenräume dieses üppigen Laub- und Nadelwerks hindurch die Façade des hinter diesem dichten Vorhang verborgenen Hauses.

Eine Dienerin mit gebräuntem Gesicht, krausem und so dichtem Haar, daß der Kamm darin zerbrochen wäre, eilte bei dem Geräusch des Wagens herbei, öffnete das Gitter, schritt Herrn von Asprement durch eine Allee von Lorbeerrosen, deren Zweige ihm mit ihren Blüthen die Wangen streichelten, voran und führte ihn nach der Terrasse, wo Miß Alicia Ward in Gesellschaft ihres Onkels den Thee trank.

In Folge einer Grille, die bei einem in Bezug auf alle Bequemlichkeiten und Luxusgenüssen blasirten, jungen Mädchen sehr natürlich war, vielleicht auch um ihren Onkel, dessen spießbürgerliche Geschmacksrichtungen sie verspottete, ein wenig zu ärgern, hatte Miß Alicia anstatt einer civilisirten Wohnung diese Villa gewählt, welche, da deren Besitzer auf Reisen waren, seit mehreren Jahren unbewohnt gestanden hatte.

Sie fand in diesem verlassenen und beinahe zum Naturzustand zurückgekehrten Garten eine wilde Poesie, welche ihr gefiel. Unter dem belebenden Klima Neapels war Alles mit ungeheurer Schnelligkeit gewachsen. Orangenbäume, Myrthen, Granaten, Citronen hatten die ihnen gestattete Freiheit nach Herzenslust benutzt und die Aeste, welche jetzt nicht mehr das Messer des Gärtners zu fürchten hatten, reichten sich von einem Ende der Allee bis zum andern die Hand, oder drangen vertraulich durch irgend eine zerbrochene Fensterscheibe in die Zimmer.

Es herrschte hier nicht, wie im Norden, die Traurigkeit eines veröbeten Hauses, sondern die tolle Heiterkeit und das frohe Ungestüm der sich selbst überlassenen Natur des Südens. In Abwesenheit des Herrn machten sich die üppigen Gewächse das Vergnügen, einmal in Bezug auf Blätter, Blüthen, Früchte und Wohlgeruch auszuschweifen. Sie nahmen den Platz wieder ein, welchen der Mensch ihnen streitig machte.

Als der Commodore — so nannte Alicia vertraulicherweise ihren Onkel — dieses undurchbringliche Dickicht sah, welches man, wie amerikanische Urwälder, nur mit Hülfe eines Säbels und Beils durchbringen konnte, stieß er ein lautes Geschrei aus und behauptete, seine Nichte müsse übergeschnappt sein.

Alicia aber versprach ihm ganz ernsthaft, von der Eingangsthür bis nach dem Salon und von dem Salon bis zur Terrasse einen Gang anlegen zu lassen, der hinreichend breit wäre, um ein Faß Malvasier darauf transportiren zu können — das einzige Zugeständniß, welches sie der materiellen Gesinnung ihres Oheims machen konnte.

Der Commodore fügte sich, denn er konnte seiner Nichte einmal nicht widerstehen, und in diesem Augenblick trank er, ihr auf der Terrasse gegenübersitzend, in kleinen Schlückchen unter dem Vorwande, daß es Thee sei, eine große Tasse Rum.

Diese Terrasse, welche die junge Miß hauptsächlich verführt hatte, war in der That sehr malerisch und verdient eine besondere Beschreibung; denn Paul von Aspremont wird sehr oft hierher zurückkehren, und wenn man erzählt, so darf man nicht vergessen, den Schauplatz genau zu malen.

Man erstieg diese Terrasse, deren steile Flächen einen Hohlweg beherrschten, mittelst einer Treppe von breiten nicht mehr zusammenhaltenden Steinplatten, zwischen deren Spalten, hervor wilde Kräuter wucherten. Vier irgend einer alten Ruine entnommene Säulen, deren abhanden gekommene Capitäler durch steinerne Würfel ersetzt worden, trugen ein Spalierwerk, welches mittelst der sich hindurchrankenden Weinblätter ein dichtes Dach bildete. Von den Geländern herab fielen in langen Guirlanden üppige Schmarotzerpflanzen.

Am Fuße der Mauern wuchsen der indische Feigenbaum, die Aloe und der Erdbeerbaum in reizender Unordnung und jenseits eines Wäldchens, über welches eine Palme und drei italienische Tannen hervorragten, erstreckte sich die Aussicht über das wellenförmige mit weißen Villas besäete Terrain, weilte auf der Silber-Silhouette, des Vesuvs, oder verlor sich in der blauen Unermeßlichkeit des Meeres.

Als Paul von Aspremont auf der obersten Stufe der Treppe erschien, erhob sich Alicia, stieß einen kurzen Freudenschrei aus und eilte ihm einige Schritte entgegen.

Paul ergreift nach englischer Sitte ihre Hand, das junge Mädchen aber erhob diese gefangene Hand mit einer Bewegung kindischer Freundlichkeit und naiver Koketterie bis zur Höhe der Lippen ihres Freundes.

Der Commodore versuchte sich auf seinen etwas gicht=

brüchigen Beinen aufzurichten und es gelang ihm dies auch nach einigen schmerzhaften Grimassen, welche einen komischen Gegensatz zu der freudigen Miene bildeten, die sein breites Gesicht verklärte. Er näherte sich mit für ihn ziemlich schnellem Schritte der reizenden Gruppe der beiden jungen Leute und packte Pauls Hand auf eine Weise, als wollte er ihm die Finger zerquetschen, was für den stärksten Ausdruck der alten britischen Herzlichkeit gilt.

Miß Alicia Ward gehörte jener Varietät von brünetten Engländerinnen an, welche ein Ideal verwirklichen, dessen Bedingungen sich zu widersprechen scheinen, das heißt, eine Haut von so blendender Weiße, daß alles, was den Dichtern dazu dient, „weiße Vergleiche" zu ziehen, dagegen gelb erschien; kirschrothe Lippen und Haar so schwarz wie die Nacht auf den Fittichen des Raben.

Die Wirkung dieses Contrasts ist unwiderstehlich und erzeugt eine besondere Schönheit, zu welcher man kein Gegenstück zu finden weiß. Vielleicht bieten einige von Kindheit an im Serail erzogene Circassierinnen diesen wunderbaren Teint dar, wir müssen uns aber in dieser Beziehung auf die Uebertreibungen der orientalischen Poesie und auf die Aquarellgemälde von Lewis verlassen, welche die Harems von Kairo veranschaulichen. Alicia war ganz gewiß der vollkommenste Typus dieser Gattung von Schönheit.

Das längliche Oval ihres Kopfes, ihre Gesichtsfarbe von unvergleichlicher Reinheit, ihre dunkelblauen Augen mit den langen Wimpern, welche, wenn sie die Augenlider niederschlug auf ihren rosigen Wangen zitterten wie schwarze Schmetterlinge, ihre Purpurlippen, ihr Haar, welches in glänzenden Flechten wie Atlasband zu beiden Seiten ihrer Wangen und ihres Schwanenhalses herabfiel, sprach zu Gunsten jener romantischen Frauenportraits von Maclise auf der allgemeinen Kunstausstellung, welche reizende Gaukeleien zu sein schienen.

Alicia trug ein Kleid von Seidenstoff mit rothgestickten Volants, welche wunderschön zu den kleinkörnigen Korallen paßten, die ihren Haarschmuck, ihr Halsband und ihre Armbänder bildeten. Eine geschliffene Korallenperle zitterte an jedem ihrer kleinen und zartgeformten Ohren. Wenn dem Leser diese Verwendung von Korallen ein wenig übertrieben erscheint, so möge er bedenken, daß wir in Neapel sind und daß die Fischer eigens deshalb aus dem Meere herauskommen, um dem Fremden diese Aeste anzubieten, welche an der Luft roth werden.

Nachdem wir auf diese Weise Miß Alicia's Portrait gezeichnet haben, sind wir uns, wäre es auch nur um des Gegensatzes willen, wenigstens eine Karrikatur von dem Commodore nach Hogarth's Manier schuldig.

Der Commodore war einige sechszig Jahre alt und besaß die Eigenthümlichkeit, daß sein Gesicht eine gleichförmig brennende Karmoisinfarbe trug, von welcher die weißen Augenbrauen und der Backenbart von derselben Farbe scharf abstachen, so daß er große Aehnlichkeit mit einer alten Rothhaut besaß, die sich mit Kreide tättowirt hätte. Die von einer Reise in Italien unzertrennlichen Sonnenstiche hatten diesem brennenden Colorit noch einige Schichten hinzugefügt, und der Commodore erinnerte unwillkührlich an eine riesige in Baumwolle gewickelte gebrannte Mandel.

Gekleidet war er vom Kopf bis zum Fuße in Jacke, Weste, Beinkleid und Gamaschen von einem grauen Wollenstoff, welcher, wie ihm der Schneider auf seine Ehre hatte versichern müssen, die am meisten getragene Modefarbe war, in welcher Beziehung er vielleicht auch nicht log.

Trotz dieser leuchtenden Gesichtsfarbe und dieser grotesken Kleidung hatte der Commodore in seiner Erscheinung doch durchaus nichts Gemeines. Seine strenge Sauberkeit, seine tadellose Haltung und seine vornehmen Manieren verriethen den vollkommenen Gentlemen, obschon sein Aeußeres in mehr als einer Hinsicht den Vaudeville-Engländern entsprach, wie wir sie von Hoffmann oder Levassor parodirt sehen.

Seine Haupteigenthümlichkeit bestand darin, daß er seine Nichte anbetete und viel Portwein und Jamaika-Rum trank, um nach der Methode des Korporals Trimm die Grundfeuchtigkeit zu unterhalten.

„Sehen Sie, wie wohl ich mich jetzt befinde und wie schön ich bin! Sehen Sie, wie meine Farbe gewonnen hat. Allerdings besitze ich davon noch nicht so viel als mein Onkel und ich will auch hoffen, daß es nicht so weit kommen wird. Aber die Farbe der Rose habe ich, der ächten Rose," sagte Alicia, indem sie mit ihrem feinen Finger, dessen Nagel wie Achat glänzte, sich über die Wange fuhr. „Ich bin auch stärker geworden und man fühlt nicht mehr jene armseligen Brustschmerzen, die mir so viel zu schaffen machten, wenn ich auf den Ball ging. Sagen Sie, verdient man wohl den Namen einer Kokette, wenn man sich drei Monate lang der Gesellschaft seines Verlobten beraubt, um nach dieser Zeit frisch und schön von ihm wiedergefunden zu werden."

Und während Alicia in dem ihr eigenen heiteren, muth=willigen Ton diese Anrede hielt, blieb sie vor Paul stehen, wie um seinen forschenden Blick herauszufordern und dem=selben Trotz zu bieten.

„Nicht wahr," setzte der Commodore hinzu, „sie ist jetzt stark und schön wie jene Mädchen von Prociba, welche griechische Gefäße auf den Köpfen tragen."

„Ganz gewiß, Commodore," antwortete Paul. „Schöner ist Miß Alicia allerdings nicht geworden, denn dies war unmöglich, aber sie befindet sich ganz offenbar bei besserer Gesundheit als da sie aus Koketterie, wie sie behauptet, mir diese peinliche Trennung auferlegte."

Und sein Blick haftete mit seltsamer Starrheit auf dem vor ihm stehenden jungen Mädchen.

Plötzlich verschwand die schöne Rosenfarbe, die sie sich rühmte gewonnen zu haben, von Alicia's Wangen wie das Abendroth von den schneeigen Wangen des Gebirges weicht, wenn die Sonne am Horizont hinabsinkt.

An allen Gliedern zitternd fuhr sie sich mit der Hand

an das Herz und ihr reizender bleicher Mund zog sich zusammen.

Paul stand erschrocken auf, eben so wie der Commodore. Alicia's lebhafte Farbe kam wieder zum Vorschein und sie lächelte obschon mit ein wenig Anstrengung.

„Ich habe Ihnen eine Tasse Thee oder einen Sorbet versprochen. Obschon Engländerin rathe ich Ihnen zum Sorbet. Der Schnee ist in diesem Lande so nahe bei Afrika und wo der Sirocco in gerader Richtung kommt, besser als das heiße Wasser."

Alle drei nahmen an dem steinernen Tische unter dem Weinrebendache Platz. Die Sonne war ins Meer hinabgetaucht und der blaue Tag, welchen man in Neapel die Nacht nennt, folgte auf den gelben Tag. Der Mond besäete durch die Zwischenräume des Laubwerks hindurch die Terrasse mit Silberstücken. Das Meer rauschte am Strande wie ein Kuß und man hörte in der Ferne den Kupferton der die Tarantella begleitenden Tambourins.

Man mußte sich trennen. Vice, die braune Dienerin, mit dem krausen Haar, kam mit einer Laterne, um Paul durch die Irrgänge des Gartens zurückzugeleiten. Während sie den Sorbet und das Schneewasser auftrug, hatte sie auf den neuen Ankömmling einen Blick geheftet, in welchem sich Neugier und Furcht mischten.

Ohne Zweifel war das Ergebniß dieser Musterung für Paul nicht günstig gewesen, denn Vice's Stirn, die schon gelb war wie eine Cigarre, war noch brauner geworden und während sie den Fremden begleitete, richtete sie, in einer Weise, daß er nichts davon bemerken konnte, den kleinen und den Zeigefinger ihrer Hand gegen ihn, während die beiden andern Finger unter die flache Hand hinabgebogen sich an den Daumen anschlossen, wie um ein kabbalistisches Zeichen zu bilden.

III.

Alicia's Freund kehrte auf demselben Wege wieder in das Hôtel de Rome zurück.

Die Schönheit des Abends war unvergleichlich. Der reine glänzende Mond bestreute das durchsichtig blaue Wasser mit unzähligen Silberflimmerchen, deren durch den Wellenschlag verursachtes ununterbrochenes Wimmeln den Glanz vervielfältigte.

Weiter draußen bestreuten die Fischerbarken, die in ihrem Vordertheil eine mit brennenden Werg gefüllte eiserne Pfanne trugen, das Meer mit rothen Sternen und zogen scharlachrothe Furchen hinter sich her.

Der Rauch des Vesuvs, welcher am Tage weiß aussieht, hatte sich in eine leuchtende Säule verwandelt und warf ebenfalls seinen Widerschein auf den Golf.

Die Bai bot in diesem Augenblick jenen für nördliche Augen unwahrscheinlichen Anblick dar, so wie man ihn auf jenen schwarz eingerahmten italienischen Aquarellen sieht, die vor einigen Jahren so sehr in Aufnahme waren und in ihrer rohen Uebertreibung treuer sind als man glaubt.

Einige nachtwandelnde Lazzaroni trieben sich noch am Strande umher, ergriffen, ohne es zu wissen, von diesem magischen Schauspiel, und tauchten ihre großen schwarzen Augen in den bläulichen weiten Raum.

Andere, die auf dem Rande einer gescheiterten Barke saßen, sangen das Lied von Lucia oder die damals sehr beliebte volksthümliche Romanze: „Ti voglio ben' assai", mit einer Stimme, um welche sie mancher mit hunderttausend Franks bezahlte Tenor beneidet haben würde.

Neapel geht spät zu Bett wie alle südliche Städte, dennoch aber erloschen die Fenster allmälig und nur die Lotteriebureaus mit ihren bunten Papierguirlanden, ihren Lieblingsnummern und ihrer funkelnden Beleuchtung, waren noch offen, bereit, das Geld der launenhaften Spieler in Empfang zu nehmen, welche vielleicht auf dem Heimwege noch Luft bekamen, einige Karolins oder Ducaten auf eine geträumte Nummer zu setzen.

Paul legte sich zu Bett, zog die Gaze=Vorhänge des Muskitonetzes zu und schlief sehr bald ein. Wie es Reisenden nach einer Seefahrt oft begegnet, schien sein Lager, obschon es unbeweglich war, hin und her zu schwanken, gerade als ob das Hôtel de Rome der „Leopold" gewesen wäre.

Dieser Eindruck machte ihn träumen, er sei noch auf dem Meere und er sähe auf dem Hafendamm Alicia sehr bleich neben ihrem karmoisinrothen Onkel. Sie winkte ihm mit ihrer Hand, nicht an's Land zu kommen. Das Gesicht des jungen Mädchens verrieth tiefen Schmerz und indem sie ihn zurückwinkte, schien sie gegen ihren Willen einem gebieterischen Verhängniß zu gehorchen.

Dieser Traum, dessen Gebilde ungemein lebhaft waren, beunruhigte den Schläfer in so hohem Grade, daß er erwachte und sich nicht wenig freuete, sich in seinem Zimmer zu finden, wo mit bleichem Schein ein Nachtlicht in einem kleinen Porzellanthurm zitterte, welcher von summenden Muskitos belagert ward.

Um nicht wieder in jenen peinlichen Traum zu verfallen, kämpfte Paul gegen den Schlaf und begann an die Anfänge seines Verhältnisses zu Miß Alicia zu denken, indem er jene kindisch=reizenden Scenen einer ersten Liebe eine nach der andern sich wieder in's Gedächtniß rief.

Er sah wieder das Haus von rosenfarbenen Backsteinen mit Hagedorn und Geisblatt überkleidet, welches Miß Alicia mit ihrem Onkel in Richmond bewohnte, und wo er bei seiner ersten Reise nach England durch einen jener Empfehlungsbriefe eingeführt worden war, deren Wirkung sich gewöhnlich auf eine Einladung zum Diner beschränkt.

Er erinnerte sich des weißen mit einem einfachen Bande geschmückten Musselinkleides, welches Alicia, die am Tage vorher aus der Pension gekommen war, an diesem Tage trug, des Jasminzweiges, der sich durch die Nacht ihres

Haares hindurchzog, wie eine durch den Lufthauch davongetragene Blume aus dem Kranze Ophelias, ihres ein wenig geöffneten Mundes, welcher kleine Perlmutterzähne hindurchblicken ließ, ihres schlanken Halses, welcher sich streckte wie der eines aufmerksamen Vogels, und ihres plötzlichen Erröthens als der Blick des jungen Franzosen dem ihrigen begegnete.

Das Zimmer mit dem braunen Getäfel und der grünen Tapete, mit den nach englischer Art grell kolorirten Abbildungen von Fuchsjagden und Wettrennen, erschien seiner Phantasie wieder so lebhaft wie in einer Camera obscura. Das Piano zeigte seine Reihe weißer Tasten. Der Kamin ließ, von irischem Epheu umrankt, seine blankgeputzte Schale leuchten; die Sessel von Eichenholz mit den gedrehten Füßen öffneten ihre mit Maroquin beschlagenen Arme, der Teppich trug seine prächtigen Rosetten zu Schau und Miß Alicia sang zitternd und mit dem anbetungswürdigst falschen Tone von der Welt aus Anna Bolena die Romanze: „Deh, non voler costringere," welche Paul, nicht weniger aufgeregt, höchst unrichtig und taktwidrig begleitete, während der Commodore über einer anstrengenden Verdauung eingeschlafen und noch dunkelrother als gewöhnlich ein kolossales Exemplar der Times mit Beilage auf die Diele gleiten ließ.

Dann veränderte sich der Schauplatz. Paul, der nun genauer bekannt geworden, ward von dem Commodore ersucht, einige Tage auf seinem Landsitze in Lincolnshire zuzubringen.

Ein alterthümliches Schloß mit durchbrochenen Thürmen und gothischen Fenstern, zur Hälfte in einen unermeßlichen Epheu eingehüllt, innerlich aber mit allem modernen Comfort eingerichtet, erhob sich am Ende eines Rasenplatzes, dessen sorgfältig begossenes und gewalztes Raygras glatt war wie Sammet. Ein Gang von gelbem Sand zog sich um diesen Rasen und diente als Reitbahn für Miß Alicia, welche eins jener schottischen Ponies mit borstiger Mähne ritt, welche Sir Edward Landseer so herrlich zu malen versteht und denen er einen beinahe menschlichen Blick zu geben weiß.

Paul begleitete auf einer herrlichen Falbe, welche der Commodore ihm geliehen, Miß Ward auf diesen kreisrunden Spazierritten; denn der Arzt, der sie ein wenig Brustschwach gefunden, verordnete ihr Bewegung.

Ein andermal glitt ein leichtes Boot auf dem Deiche dahin, drängte die Wasserlilien auf die Seite und jagte den schüchternen Eisvogel unter das silberne Laubwerk der Weiden hinein. Alicia ruderte und Paul führte das Steuer. Wie schön war sie in dem goldenen Heiligenschein, mit welchem ihr Strohhut, durch welchen hindurch ein Sonnenstrahl fiel, ihr Haupt umgab.

Sie bog sich zurück um das Ruder zu ziehen. Die lackirte Spitze ihres grauen Stiefelchens stemmte sich an die Planke der Bank. Miß Ward hatte nicht einen jener andalusischen Füße, die kurz und rund sind wie Plätteisen und die man in Spanien bewundert; ihr Knöchel aber war fein geformt, die Spanne gut gewölbt und die Sohle ihres Schuhes vielleicht ein wenig lang, aber kaum zwei Finger breit.

Der Commodore blieb am Strande, nicht weil er zu stolz gewesen wäre, die jungen Leute zu begleiten, sondern weil sein Gewicht das schwache Fahrzeug unfehlbar in den Grund gebohrt hätte. Deßhalb erwartete er seine Nichte am Landungsplatze und warf ihr mit mütterlicher Sorgfalt einen leichten Mantel über die Schultern, damit sie sich nicht erkälte. Dann ward die Barke wieder an ihrem Pfahl befestigt und man kehrte in das Schloß zurück, um den Imbiß einzunehmen.

Es war ein Vergnügen, zu sehen, wie Alicia, welche gewöhnlich so wenig aß wie ein Vogel, für ihre Perlenzähne eine rosige Schinkenschnitte, dünn wie ein Blatt Papier, abtrennte und ein Bröbchen dazu knabberte, ohne auch nur eine Krume für die Goldfische des Bassins übrig zu lassen.

Die Tage des Glückes vergehen so schnell! Von Woche

zu Woche verschob Paul seine Abreise und das schöne Grün des Parks begann safrangelb zu werden und weiße Dünste stiegen des Morgens von dem Teiche auf. Trotz des unaufhörlich thätigen Rechens des Gärtners bedeckte das dürre Laub den Sand der Baumgänge; Millionen kleine gefrorene Perlen funkelten auf dem grünen Rasen und Abends sah man die Elstern sich zankend in den Gipfeln der kahlen Bäume herumhüpfen.

Alicia ward unter Pauls unruhigem Blick immer bleicher und behielt von ihrem Colorit nichts übrig als zwei kleine rosenfarbene Flecken auf der Höhe der Wangen. Oft empfand sie Frost und selbst das lebhafteste Kohlenfeuer vermochte sie nicht zu erwärmen. Der Arzt schien besorgt zu sein und seine letzte Vorschrift bestand darin, daß Miß Ward den Winter in Pisa und den Frühling in Neapel verleben sollte.

Familienangelegenheiten hatten Paul nach Frankreich zurückgerufen; Alicia und der Commodore wollten nach Italien reisen und die Trennung war in Folkestone geschehen. Kein Wort war darüber gesprochen worden, Miß Ward betrachtete aber Paul als ihren Verlobten und der alte Commodore hatte dem jungen Mann auf bedeutsame Weise die Hand gedrückt. So zerquetscht man nur einem Schwiegersohn die Finger.

Paul, der nun sechs Monate warten sollte, die für seine Ungeduld eben so lang waren als sechs Jahrhunderte, war so glücklich gewesen, Alicia von ihrer Schwäche wieder hergestellt und von Gesundheit strahlend wiederzufinden. Was sie früher Kindisches besessen, war jetzt verschwunden und es war für ihn ein berauschender Gedanke, daß der Commodore keine Einwendung zu erheben haben würde, wenn er bei ihm um die Hand seiner Nichte anhielte.

Von diesen lachenden Bildern gewiegt, schlief er wieder ein und erwachte erst, als es schon heller lichter Tag war. Neapel begann schon seinen Lärm. Die Eiswasserverläufer schrieen ihre Waare aus, die Garköche boten den Vorübergehenden das dampfende an einer Gabel steckende Fleisch;

zu ihren Fenstern herausgeneigt ließen die faulen Wirth=
schafterinnen am Ende eines Bindfadens Lebensmittelkörbe
herab, die sie mit Kartoffeln, Fischen und großen Kürbis=
stücken beladen wieder hinaufzogen. Die öffentlichen Schreiber im fadenscheinigen schwarzen
Frack und die Feder hinter dem Ohr setzten sich in ihre
Buden; die Geldwechsler setzten die Grani, die Karolins
und die Ducaten auf ihren kleinen Tischen in Häufchen
bereit. Die Kutscher ließen ihre Mähren galoppiren, um
Morgenkunden zu suchen, und die Glocken aller Glocken=
thürme läuteten lustig das Angelus.

Unser Reisender stemmte sich, in seinen Schlafrock ge=
hüllt, auf den Balcon. Von seinem Fenster aus sah man
Santa Lucia, das Fort Dell' Uovo und eine unermeßliche
Fläche des Meeres bis zum Vesuv und dem blauen Vor=
gebirg, wo die umfangreichen Gebäude von Castellamare
blinkten und die Villen von Sorrente undeutlich sichtbar
waren.

Der Himmel war rein, nur eine einzige weiße Wolke
kam, von einem nicht starken Winde getrieben, gegen die
Stadt vorgerückt. Paul heftete auf sie jenen seltsamen
Blick, den wir schon bemerkt haben. Seine Augenbrauen
runzelten sich. Andere Dünste vereinigten sich mit jener
bis dahin einzigen Wolke und es dauerte nicht lange, so
breitete ein dichter Wolkenvorhang seine schwarzen Falten
über dem Castell St. Elmo aus. Große Tropfen fielen
auf das Lavapflaster und verwandelten sich binnen wenigen
Minuten in einen jener sündfluthartigen Regengüsse, welche
aus den Straßen von Neapel eben so viel reißende Ströme
machen und Hunde, ja sogar Esel mit fortschwemmen.

Die überraschte Menge zerstreute sich, um Obdach zu
suchen. Die im Freien stehenden Buden wurden in aller
Eile ausgeräumt, nicht ohne einen Theil ihrer Waaren zu
verlieren, und der Regen, welcher das Schlachtfeld be=
hauptete, strömte in weißen Blasen über den verlassenen
Quai von Santa Lucia.

Der riesige Kofferträger, welchem Pabby einen so

schönen Fauststoß versetzt hatte, stand gegen die Wand unter einem Balcon gelehnt, dessen Vorsprung ihn ein wenig schützte. Er hatte sich nicht durch die allgemeine Flucht mit fortreißen lassen, sondern betrachtete mit tief= nachdenklichem Blick das Fenster, auf welchem Paul von Aspremont sich aufgestemmt hatte.

Sein stiller Monolog gab sich dem Hauptinhalte nach in den Worten kund, die er mit erzürnter Miene mur= melte:

„Der Capitain des Leopold hätte wohlgethan, wenn er diesen Fremdling ins Meer geworfen hätte."

Und indem er dies sagte, fuhr er mit der Hand durch den Brustschlitz seines groben Leinwandhembes und berührte das Packet Amulete, welches mittelst einer Schnur an sei= nem Halse hing.

IV.

Es dauerte nicht lange, so ward das Wetter wieder schön. Ein warmer Sonnenschein trocknete binnen wenigen Minuten die letzten Thränen des Gusses und die Menge begann wieder lustig auf dem Quai zu wimmeln.

Timberio aber, der Lastträger, schien deswegen an sei= ner Idee hinsichtlich des jungen Franzosen immer noch festzuhalten und trug klüglich seine Penaten aus dem Be= reich des Fensterhotels hinweg. Einige Lazzaroni von sei= ner Bekanntschaft gaben ihm ihre Verwunderung darüber zu erkennen, daß er einen ganz vortrefflichen Standpunkt verließ, um einen weit weniger günstigen zu wählen.

„Ich überlasse ihn, wer ihn haben will," antwortete er, indem er mit geheimnißvoller Miene den Kopf empor= warf; man weiß, was man weiß."

Paul frühstückte in seinem Zimmer, denn, mochte nun Schüchternheit oder Hochmuth die Ursache sein, er liebte es nicht, sich unter vielen Menschen zu befinden. Dann kleidete er sich an und um die Zeit bis zu der Stunde hinzubringen, wo er sich der Schicklichkeit gemäß zu Miß Warb begeben konnte, besuchte er das Museum.

Mit zerstreutem Blicke bewunderte er die kostbare Sammlung campanischer Vasen, die bei den Nachgrabungen in Pompeji gefundenen Bronzegegenstände, den mit Grünspan bedeckten ehernen griechischen Helm, in welchem sich noch der Kopf des Soldaten befindet, der ihn getragen, das Stück hartgewordenen Schmutzes, welches noch wie eine Form den Abdruck des reizenden Torso der jungen Frau bewahrt, die in dem Landhause des Arrius Diomedes von dem Ausbruch überrascht worden, den varnesischen Herkules und seinen ungeheuern Muskelbau, die Flora, die archäische Minerva, die beiden Balbus und die prachtvolle Statue des Aristides, vielleicht das vollkommenste Kunstwerk, welches der Alterthum uns hinterlassen.

Nachdem er auf diese Weise wohl oder übel zwei oder drei Stunden hingebracht, sprang er in seine Kalesche und nahm den Weg nach dem Landhause, wo Miß Warb wohnte.

Der Kutscher trieb mit jenem Verständniß der Leidenschaften, welches südliche Naturen kennzeichnet, seine Gäule zur größten Schnelligkeit an und es dauerte nicht lange, so hielt der Wagen vor den Säulen mit den Aloëvasen, welche wir schon beschrieben haben.

Dieselbe Dienerin öffnete das Gitter, ihr Haar bildete immer noch ein Gewirr von unzähligen Locken, sie trug eben so wie das erste Mal weiter nichts als ein Hemd von grober Leinwand, an den Aermeln und um den Hals herum mit buntem Zwirn gestickt, und einen Unterrock von dichten Stoffe mit bunten Querstreifen wie die Frauen von Prociba zu tragen pflegen. Ihre Füße waren — wir müssen es gestehen — ohne Strümpfe, aber so gut geformt, daß ein Bildhauer sie bewundert haben würde.

Auf ihrer Brust hing an einer schwarzen Schnur ein Packet von kleinem eigenthümlich geformten Korallen und

Horngegenständen, worauf zu Vice's sichtbarer Befriedigung Pauls Blick sich heftete.

Miß Alicia war auf der Terrasse, wo sie sich vorzugsweise aufhielt. In einer indischen Hängematte von roth- und weißgestreiftem Kattun mit Vogelfedern verziert und an zweien der Säulen befestigt, welche die Weinrankendecke trugen, schaukelte sich nachlässig das junge Mädchen, in ein leichtes weißes Gewand von chinesischer Seide gehüllt, dessen kunstvollen Garnitur sie unerbittlich zerknitterte. Ihre Füße, deren Spitze man durch die Maschen der Hängmatte hindurch gewahrte, trugen Pantoffeln von Aloëfasern und ihre schönen bloßen Arme kreuzten sich über ihrem Kopfe in der Attitüde der antiken Cleopatra, denn obschon man jetzt erst im Anfang des Mai stand, so herrschte doch schon eine außerordentliche Hitze und Tausende von Heuschrecken zirpten in dem Gebüsche rings umher.

Der Commodore im Pflanzercostüm und in einem Rohrsessel sitzend, zog in gleichmäßigen Zwischenräumen die Schnur, welche die Hängmatte in Bewegung setzte.

Eine dritte Person vervollständigte die Gruppe. Es war der Graf von Altavilla, ein junger neapolitanischer Elegant, dessen Gegenwart auf Pauls Stirn jene Zusammenziehung herbeiführte, welche seiner Physiognomie einen Ausdruck von teuflischer Bosheit gab.

Der Graf war in der That einer jener Männer, die man nicht gern bei einem weiblichen Wesen sieht, welches man liebt. Sein hoher Wuchs war ein vollkommen ebenmäßiger, schwarzes üppigvolles Haar krönte die glatte gutgeformte Stirn. Ein Funke der Sonne von Neapel leuchtete aus seinen Augen und seine breiten starken, aber perlenreine Zähne schienen durch das lebhafte Roth seiner Lippen und die leichtgebräunte Farbe seines Gesichts einen um so höhern Glanz zu erhalten. Der einzige Tadel, den ein ängstlicher Geschmack gegen den Grafen hätte vorbringen können, war, daß er zu schön war.

Was seine Kleider betraf, so ließ Altavilla sie von London kommen, und der strengste Danby würde seine äußere Erscheinung gebilligt haben. Es gab an seiner ganzen Toilette nichts Italienisches als die Hemdknöpfe von zu hohem Werthe. Hierin verrieth sich die sehr natürliche Vorliebe des Kindes des Südens für Juwelen.

Vielleicht würde man auch überall anders als in Neapel das Bündel von Korallensplittern, von aus Lava geformten Händen mit eingebogenen Fingern oder einen Dolch schwingend, von ausgestreckt auf ihren Pfoten liegenden Hunden, von weißen und schwarzen Hörnern und andern dergleichen Gegenständen, welche mittelst eines gewöhnlichen Ringes an der Kette seiner Uhr hingen, von eben keinem sonderlichen Beweis von gutem Geschmack erklärt haben, ein Spaziergang durch die Tolebostraße aber, oder nach der Villa Reale würde hinreichend gewesen sein, um zu zeigen, daß der Graf durchaus nichts Excentrisches hatte, wenn er diese seltsamen Dinger an seiner Weste trug.

Als Paul von Aspremont erschien, sang der Graf eben auf Miß Warb's inständiges Bitten eine jener köstlichen neapolitanischen Volksmelodien, deren Componisten man nicht kennt und von welchen schon eine einzige, von einem Musiker aufgegriffen und gehörig verwendet, hinreichen würde, das Glück einer Oper zu machen.

Dem, der sie nicht am Strande von Chiaja oder auf dem Hafendamm aus dem Munde eines Lazzarone, eines Fischers oder eine Trovatelle gehört hat, können die reizenden Romanzen Gordigiani's einen ungefähren Begriff davon geben. Ein solches Liedchen besteht aus einem Lufthauche, einem Mondstrahl, Orangenduft und einem Schlage des Herzens.

Alicia mit ihrer hübschen englischen, ein wenig falschen Stimme folgte dem Motiv, welches sie im Gedächtniß zu behalten wünschte und gab, während sie fortfuhr, Paul einen kleinen freundschaftlichen Wink.

Paul betrachtete sie mit gerade nicht sehr liebenswürdiger Miene, denn die Gegenwart dieses schönen, jungen Mannes berührte ihn unangenehm.

Eine der Schnuren der Hängematte riß und Miß Warb

glitt zur Erde nieder, aber ohne Schaden zu nehmen. Sechs Hände streckten sich gleichzeitig nach ihr aus. Das junge Mädchen stand aber schon auf den Füßen. Sie war feuerroth vor Scham, denn es ist „improper", in der Gegenwart von Männern zu fallen. Dennoch war nicht eine einzige der keuschen Falten ihres Gewandes in Unordnung gekommen.

„Ich hatte doch diese Schnuren selbst probirt", sagte der Commodore", und Miß Ward wiegt nicht viel mehr als ein Colibri."

Der Graf von Altavilla warf mit geheimnißvoller Miene den Kopf empor. Bei sich selbst erklärte er wahrscheinlich das Reißen der Schnur durch einen ganz andern Grund als den der Schwere, als gut erzogener Mann aber schwieg er und begnügte sich mit der Brelockentraube seiner Weste zu spielen.

Wie alle Männer, welche mürrisch und grimmig werden, wenn sie sich in Gegenwart eines Nebenbuhlers befinden, den sie für gefährlich halten, konnte Paul von Aspremont, anstatt doppelte Grazie und Liebenswürdigkeit zu entwickeln und obschon er Weltbildung besaß, es nicht über sich gewinnen, seine üble Laune zu verbergen. Seine Antworten waren einsilbig, er ließ die Conversation in Stocken gerathen und wenn er sich gegen Altavilla wendete, nahm sein Blick jenen unheimlichen Ausdruck an. Die gelben dünnen Streifen krümmten sich durch das durchsichtige Grau seiner Augensterne wie Wasserschlangen auf dem Boden einer Quelle.

So oft Paul ihn auf diese Weise ansah, riß der Graf mit anscheinend mechanischer Geberde eine Blume aus einem nicht weit von ihm stehenden Gefäß und warf sie so, daß dadurch die Ausströmung des erzürnten Blickes durchschnitten ward.

„Was fällt Ihnen ein, daß Sie auf diese Weise meinen Blumenvorrath verwüsten?" rief Miß Alicia Ward, welche dieses Verfahren endlich bemerkte. „Was haben Ihnen denn meine Blumen gethan, daß Sie dieselben auf diese Weise köpfen?"

„O durchaus nichts, Miß; es ist dies blos eine unwillkührliche Laune," antwortete Altavilla, indem er eine prachtvolle Rose abknipp und den übrigen Blumen nachwarf.

„Sie stellen meine Gebuld auf eine fürchterliche Probe", sagte Alicia, „und ohne es zu wissen, verletzen Sie mich in einer meiner Manien. Ich habe noch niemals eine Blume gepflückt. Ein Blumenstrauß flößt mir einen gewissen Grad von Furcht ein. Es sind todte Blumen, Leichname von Rosen, Verbenen, oder Nelken, deren Duft für mich etwas Grabähnliches hat."

„Um die Mordthaten, die ich soeben begangen, zu sühnen", sagte der Graf sich verneigend, „werde ich Ihnen hundert Körbe lebende Blumen schicken."

Paul hatte sich erhoben und drehte mit befangener Miene die Krämpe seines Hutes, als ob er über einen Vorwand nachsönne, um sich entfernen zu können.

„Wie, Sie wollen schon fort?" fragte Miß Ward.

„Ich habe Briefe zu schreiben, sehr wichtige Briefe."

„O, was sprechen Sie da für ein häßliches Wort!" sagte das junge Mädchen mit allerliebsten Schmollen. „Kann es wohl wichtige Briefe geben, wenn Sie dieselben nicht an mich schreiben?"

„Bleiben Sie doch, Paul! sagte der Commodore. „Ich hatte in meinem Kopfe einen Plan für diesen Abend entworfen, natürlich mit Vorbehalt der Billigung meiner Nichte. Wir hätten zuerst ein Glas Wasser an der Quelle von Santa Lucia getrunken, welche wie faule Eier riecht, aber Appetit macht. Dann hätten wir in der Fischerei ein paar Dutzend weiße und rothe Austern gegessen, unter einem Laubdache in irgend einer ächt neapolitanischen Osteria dinirt, Falerner und Lacrimae Christi getrunken und das Divertissement mit einem Besuche bei Signor Pulcinello beschlossen. Der Graf hätte uns die Feinheiten des Dialekts erklärt."

Dieser Plan schien jedoch für Herrn von Aspremont nicht viel verführerisches zu haben und er entfernte sich, nachdem er kalt gegrüßt.

Altavilla blieb noch einige Augenblicke und da Miß Warb, welche sich über Pauls Weggang ärgerte, auf die Idee des Commodore nicht einging, so nahm er ebenfalls Abschied.

Zwei Stunden später erhielt Miß Alicia eine ungeheure Menge der seltensten Blumen in Töpfen und, was sie noch mehr überraschte, ein ungeheures Paar sicilianische Stierhörner, durchsichtig wie Jaspis und glatt wie Agat. Ihre Länge betrug wenigstens drei Fuß und sie endeten in drohenden, schwarzen Spitzen. Eine prachtvolle Einfassung von vergoldeter Bronze gestattete, die Hörner mit den Spitzen nach oben auf einen Kamin, eine Console oder einen Sims zu setzen.

Vice, welche den Trägern die Blumen und die Stierhörner hatte auspacken helfen, schien die Bedeutung dieses seltsamen Geschmacks zu verstehen.

Sie stellte die stattlichen Sicheln, von welchen man hätte glauben können, sie seien der Stirn des göttlichen Stiers geraubt, welcher die schöne Europa trug, auf den steinernen Tisch, so daß sie allen Blicken sichtbar waren und sagte: „Nun sind wir in gutem Vertheidigungszustande."

„Was wollt Ihr damit sagen, Vice?" fragte Miß Warb.

„Nichts — blos, daß der französische Signor sehr eigenthümliche Augen hat."

V.

Die Stunde der Mahlzeiten war schon lange vorüber und die Kohlenfeuer, welche während des Tages die Küche des Hôtel de Rome in den Krater des Vesuvs verwandelten, erloschen langsam unter den blechernen Löschhüten; die Casserole hatten wieder ihre Plätze an ihren Nägeln eingenommen und glänzten in Reih und Glied wie die

Schilde an Bord einer antiken Trireme. Eine Lampe von gelbem Kupfer wie die, welche man bei den Nachgrabungen in Pompeji findet, hing an einer dreifachen Kette von dem Hauptbalken, der Decke herab und beleuchtete mit ihren drei Dochten die Mitte der umfangreichen Küche, deren Winkel in Schatten gehüllt blieben.

Die von oben herabfallenden Strahlen beleuchteten mit höchst malerischem Licht und Schattenspiel eine Gruppe von charakteristischen Figuren, welche um den schwerfälligen vom Speckschneiden ganz zerhackten und durchfurchten hölzernen Tisch versammelt war, welcher die Mitte dieses großen Gemachs einnahm, dessen Wände durch Feuer und Rauch mit jenem asphaltartigen Ueberzug bekleidet waren, welcher den Malern aus der Schule des Caravaggio so lieb und theuer ist. Ganz gewiß hätten Espagnolet oder Salvator Rosa in ihrer gesunden Liebe zum Schönen die hier zufällig oder richtiger gesprochen, durch eine allabendliche Gewohnheit versammelten Modelle nicht verschmäht.

Wir sehen hier vor allen Dingen den Chef der Küche, Virgilio Falsacappa, eine sehr wichtige Person von colossalem Wuchse und furchtbarer Korpulenz der für einen der Gäste des Vitellius hätte gelten können, wenn er anstatt einer weißen Jacke eine mit Purpur besetzte römische Toga getragen hätte. Seine ungeheuer markirten Züge bildeten gleichsam eine Art Karrikatur auf gewisse Typen antiker Medaillen. Dichte schwarze, einen halben Zoll hervorragende Brauen krönten seine Augen, deren Schnitt an den der Theatermasken erinnerte. Eine ungeheure Nase warf ihren Schatten über einen breiten Mund, der mit drei Reihen Zähnen versehen zu sein schien wie der Rachen des Haifisches; eine gewaltige Unterkehle, gleich der des farnesischen Stiers, verband das mit einem Grübchen, in welches man die Faust hätte legen können, versehene Kinn mit einem ganz von Adern und Muskeln durchfurchten Halse von athletischer Stärke. Ein buschiger Backenbart, von welchem jede Hälfte zur Ausstattung eines Sappeurs hinreichend gewesen wäre, umrahmten dieses große breite Ge=

sicht. Glänzend schwarzes, mit einigen Silberfäden durch=
zogenes Haar bedeckte in kurzen Löckchen seinen Scheitel
und sein feister Hals quoll über den Kragen seiner Jacke.
An seinen Ohrläppchen, über den Kinnladen, welche im
Stande zu sein schienen, einen Ochsen in einem Tage zu
zermalmen, glänzten silberne Ringe, so groß wie die Scheibe
des Mondes.

Dies war Meister Virgilio Falsacappa, der in seiner
auf die Hüfte zurückgesteckten Schürze und mit seinem in
einer hölzernen Scheide steckenden Messer eher aussah wie
ein Opferknecht des Alterthums als wie ein moderner Koch.

Die zweite Gestalt war Timberio, der Lastträger, den
die Leibesanstrengung seines Berufs und die Mäßigkeit
seiner gewöhnlichen Kost, welche in einer Handvoll halb
roher Maccaroni, einer Schnitte Wassermelone und einem
Glas Schneewasser bestand, in einem Zustand von verhält=
nißmäßiger Magerheit erhielt und welcher, gutgenährt, sicher=
lich dieselbe Korpulenz erlangt haben würde wie Falsacappa,
so sehr schien sein rüstiger Knochenbau geschaffen, ein un=
geheures Fleischgewicht zu tragen. Sein Costüm bestand
in weiter nichts als einem Beinkleid, einer langen Weste
von braunem Stoff und einem über die Schulter gewor=
fenen groben kurzen Mantel.

Auf den Rand des Tisches gestemmt, bot Scazziga, der
Kutscher des Miethwagens, dessen Paul von Aspremont
sich bediente, ebenfalls eine frappante Physiognomie dar.
Seine unregelmäßigen, aber klugen Züge trugen das Ge=
präg angeborener Schlauheit; ein feines Lächeln umspielte
seine spöttischen Lippen und man sah an der Freundlichkeit
seiner Manieren, daß er in immerwährender Beziehung zu
feinen Leuten lebte. Seine auf dem Tröbel gekauften
Kleider äfften eine Art Livree nach, auf welche er nicht
wenig stolz war und welche seinen Begriffen nach eine
bedeutende sociale Kluft zwischen ihm und dem rohen Tim=
berio befestigte. Seine Conversation war mit englischen
und französischen Worten gespickt, welche nicht immer auf
die glücklichste Weise zu dem Sinne dessen paßten, was

er sagen wollte, die aber beswegen nicht weniger die Bewunderung der über eine solche Gelehrsamkeit erstaunenden Küchenjungen erweckten.

Ein wenig im Hintergrunde standen zwei junge Mägde, deren Züge allerdings mit etwas weniger Adel an jenen so bekannten Typus der syrakusischen Münzen erinnerten — niedrige Stirn, Nase mit der Stirn eine Linie bildend, ein wenig dicke Lippen, starkes fleischiges Kinn. Die bläulich schwarzen Haarflechten vereinigten sich am Hinterkopfe in einen schweren Knäuel, der mit Nadeln durchstochen war, die an ihren Spitzen Korallenkugeln trugen. Halsbänder von demselben Material umgaben in dreifachen Reihen ihre Kariatydenhälse, deren Muskeln durch den Gebrauch, alle Lasten auf dem Kopfe zu tragen, gestärkt und gekräftigt worden.

Ein moderner Elegant würde sicherlich diese armen Mädchen, welche das Blut der schönen Rassen des großen Griechenlands von jeder Mischung rein erhielten, verachtet haben; jeder Künstler aber hätte bei ihrem Anblick sein Skizzenbuch hervorgezogen und seinen Bleistift gespitzt.

Hast Du, lieber Leser, in der Galerie des Marschalls Soult das Gemälde Murillos gesehen, wo Cherubim die Küche besorgen? Wenn Du es gesehen hast, so enthebt uns dies der Mühe, hier die Köpfe der drei oder vier lockigen Küchenjungen zu malen, welche die Gruppe vervollständigten.

Diese kleine Gesellschaft besprach eine ernste Frage. Es handelte sich um Herrn Paul von Aspremont, den französischen Reisenden, der mit dem letzten Dampfboote angekommen war. Die Küche erdreistete sich, das Gastzimmer zu kritisiren.

Timberio, der Lastträger, hatte das Wort und er machte Pausen zwischen jeder seiner Redensarten wie ein beliebter Schauspieler, um seinem Publikum Zeit zu lassen, die ganze Tragweite seiner Worte zu erfassen, ihre Zustimmung dazu zu geben, oder Einwendungen dagegen zu erheben.

„Merket wohl, was ich sage", fuhr der Redner fort.

„Der „Leopold" ist ein ehrliches toskanisches Dampfschiff, gegen welches es nichts einzuwenden giebt, als daß es zu viel englische Ketzer herüberbringt —"

„Die englischen Ketzer bezahlen aber gut", unterbrach ihn Scazziga, der durch die Trinkgelder ein wenig toleranter gemacht worden war.

„Allerdings; wenn aber ein Ketzer einen Christen für sich arbeiten läßt, so versteht es sich auch von selbst, daß er ihn freigebig belohnt, um ihm die Demüthigung weniger fühlbar zu machen."

„Ich betrachte es nicht als eine Demüthigung, einen Fremden in meinem Wagen zu führen. Ich treibe nicht wie Du das Handwerk eines Lastthieres, Timberio."

„Bin ich vielleicht nicht ebenso gut getauft wie Du?" entgegnete der Lastträger, indem er die Stirn runzelte und die Fäuste ballte.

„Laßt Timberio sprechen", rief die ganze übrige Versammlung, welche schon fürchtete, diese interessante Verhandlung in einen Zwist ausarten zu sehen.

„Ihr werdet mir zugeben", hob der beruhigte Redner wieder an, „daß wir, als der „Leopold" in den Hafen einlief, ganz ausgezeichnet schönes Wetter hatten."

„Man giebt es zu, Timberio, „bemerkte der Küchenchef mit herablassender Majestät.

„Das Meer war glatt wie ein Spiegel", fuhr der Lastträger fort, „und bennoch erschütterte eine ungeheure Woge Gennaro's Barke auf so ungestüme Weise, daß er mit zweien oder dreien seiner Kameraden ins Wasser fiel — geht das wohl mit rechten Dingen zu? Und bennoch besitzt Gennaro Sicherheit auf dem Wasser und würde auf einer Raa ohne Balancirstange die Tarantella tanzen."

„Vielleicht hatte er ein Fläschchen Asprino zu viel getrunken", ward von Scazziga, dem Rationalisten der Versammlung, eingewendet.

„Nicht einmal ein Glas Limonade", fuhr Timberio fort. „Wohl aber gab es am Bord des Dampfschiffes einen Herrn, der ihn auf gewisse Weise ansah; — Ihr versteht mich schon."

„O vollkommen", antworteten die übrigen, indem sie mit bewundernswürdig einmüthiger Bewegung den Zeigefinger und den kleinen Finger empor hielten.

„Und dieser Herr", fuhr Timberio fort, „war kein anderer als Herr Paul von Aspremont."

„Der, welcher in Nummer 3 wohnt?" fragte der Oberkoch, „und dem ich sein Diner auf einem Präsentirteller hinaufschicke?"

„Ja wohl", antwortete die jüngste und hübscheste der Küchenmägde. „Noch niemals habe ich einen so menschenfeindlichen, unangenehmen und verächtlichen Reisenden gesehen. Er hat weder einen Blick noch ein Wort an mich gerichtet und dennoch bin ich ein Kompliment werth, das sagen diese Herren alle."

„Ihr seid noch etwas mehr werth Gelsomina, meine Schöne", sagte Timberio galant; „es ist aber ein Glück für Euch, daß dieser Fremdling Euch nicht bemerkt hat."

„Du bist aber ein wenig zu abergläubisch", wendete der skeptische Scazziga ein, den seine Beziehungen zu den Fremden ein wenig freigeisterisch gemacht hatten.

„In Folge des vielen Umgangs mit Ketzern wirst Du zuletzt nicht einmal mehr an den heiligen Januarius glauben."

„Wenn Gennaro in das Meer gefallen ist", fuhr Scazziga, der seine Kunden vertheidigte, fort, „so ist dies noch kein Grund, zu behaupten, daß Herr Paul von Aspremont den Einfluß besitze, den Du ihm zuschreibst.

Du wünschest also andere Beweise; Du sollst sie haben. Heute Morgen sah ich ihn am Fenster, das Auge auf eine Wolke heftend, die nicht größer war als eine Feder, welche aus einem aufgetrennten Kopfkissen fällt, und sofort zogen sich schwarze Dünste zusammen und es fiel ein so starker Regen, daß die Hunde stehend saufen konnten.

Scazziga war immer noch nicht überzeugt, sondern schüttelte mit zweifelnder Miene den Kopf.

„Der Groom taugt übrigens ebenso wenig als sein Herr", fuhr Timberio fort, „und dieser gestiefelte Affe muß den Teufel im Leibe haben, daß er mich zu Boden werfen

konnte, mich, der ich ihm mit einem Nasenstüber das Lebens=
licht ausblasen könnte."

„Ich bin ganz der Meinung Timberio's", sagte der
Küchenchef majestätisch. „Der Fremde ißt wenig; er hat die
gefüllten Zuchetten, das gebackene Huhn und die Maccaroni
mit Tomaten, die ich doch mit eigener Hand zubereitet,
wieder heruntergeschickt. Welches seltsame Geheimniß ver=
birgt sich hinter dieser Mäßigkeit? Warum sollte ein reicher
Mann sich schmackhafter Gerichte berauben und nicht eine
Eiersuppe und eine Schnitte kaltes Fleisch genießen?"

„Er hat rothes Haar", sagte Gelsomina, indem sie mit
den Fingern in den Schwarzwald ihrer Flechten fuhr.

„Und ein wenig hervortretende Augen", fuhr Pepina,
die andere Magd, fort.

„Sie stehen zu nahe an der Nase", bemerkte Timberio.

„Und die Falte, welche sich zwischen seinen Augenbrauen
bildet, hat die Form eines Hufeisens", sagte die Beweis=
aufnahme beendend, der furchtbare Virgilio Falsacappa,
„folglich ist er ein —"

„Sprecht das Wort nicht aus, es ist nicht nöthig", riefen
Alle mit Ausnahme des immer noch ungläubigen Scazziga;
„wir werden auf unserer Hut sein."

„Ich möchte wissen", sagte Timberio, „ob die Polizei
mir etwas anhaben könnte, wenn ich diesem Unglücksfremd=
ling zufällig einen Koffer von dreihundert Pfund Schwere
auf den Kopf fallen ließe."

„Scazziga ist sehr kühn, daß er ihn in seinem Wagen
fährt", sagte Gelsomina.

„Ich sitze auf meinem Bock; er sieht von mir nur den
Rücken und seine Blicke können mit den meinigen nicht
den gewünschten Winkel bilden. Uebrigens ist mir die
ganze Sache zum Lachen."

„Ihr habt keine Religion, Scazziga", sagte der koloss=
sale Palforio, der Koch mit den herkulischen Formen; „es
wird mit Euch ein schlechtes Ende nehmen."

Während man auf diese Weise in der Küche des Hôtel
do Rome über ihn verhandelte, war Paul, dem die An=

wesenheit des Grafen Altavilla bei Miß Warb die Laune verdorben, nach der Villa Reale gegangen und mehr als ein Mal bildete sich die Falte auf seiner Stirn und seine Augen nahmen ihren starren Blick an.

Er glaubte, Alicia in einem Wagen mit dem Grafen und Commodore vorüberfahren zu sehen, und er eilte darauf zu, indem er sein Lorgnon auf die Nase setzte, um sicher zu sein, daß er sich nicht täuschte.

Es war nicht Alicia, sondern eine Dame, die ihr von weitem ein wenig ähnlich sah. Die ohne Zweifel durch Pauls hastige Bewegung erschreckten Pferde der Kalesche wären aber beinahe durchgegangen.

Paul aß nun auf dem Palaisplatze in dem Café de l'Europe eine Schale Eis. Einige Personen betrachteten ihn aufmerksam und wechselten mit eigenthümlicher Geberde den Platz.

Er trat in das Theater des Pulcinella, wo man ein Stück tutto ta ridere — durchweg zum Lachen — gab. Der Schauspieler fing mitten in seiner drolligen Improvisation an zu stottern und blieb stecken. Er erholte sich indessen wieder, bei einem Luftsprunge aber ging ihm die große pappene Nase los und es wollte ihm durchaus nicht gelingen, sie wieder zu befestigen. Wie, um sich zu entschuldigen erklärte er mit einer raschen Geberde die Ursache seines Mißgeschicks, denn der auf ihn geheftete Blick Pauls machte ihn vollständig unfähig.

Die neben Paul stehenden Zuschauer verschwanden einer nach dem andern. Er erhob sich ebenfalls um fortzugehen, ohne daß er sich die seltsame Wirkung, die er äußerte, hätte erklären können. Draußen auf dem Gange aber hörte er mit leiser Stimme das seltsame und für ihn sinnlose Wort aussprechen:

„Ein Jettatore! Ein Jettatore!"

VI.

Am Tage nach dem, wo der Graf Altavilla die Stier=
hörner geschickt hatte, machte er einen Besuch bei Miß
Ward. Die junge Engländerin nahm eben in Gesellschaft ihres
Onkels den Thee ein, gerade als ob sie zu Ramsgate in
einem Haus von gelben Backsteinen gesessen hätte und
nicht in Neapel auf einer weißgetünchten Terrasse und um=
geben von Feigenbäumen, Cactus und Aloes, denn eins
der charakteristischen Kennzeichen der sächsischen Rasse ist
die Hartnäckigkeit, womit sie an ihren Gewohnheiten fest=
hält wie unpassend dieselben auch zu dem Klima sein
mögen.

Der Commodore war in der besten Laune. Mittelst
auf chemischem Wege mit einem Apparat fabricirter Stücken
Eis — denn von den Bergen, welche sich zwischen Castel=
lamare erheben, bringt man nur Schnee herunter — war
es ihm gelungen, seine Butter in festem Zustande zu er=
halten, und er legte mit sichtbarer Befriedigung eine
Schicht davon auf ein abgeschnittenes dünnes Stück Brod.

Nach jenen bedeutungslosen Worten, welche jeder Con=
versation vorangehen und die dem Präludiren gleichen,
womit die Pianisten ihr Instrument versuchen, ehe sie das
wirkliche Stück beginnen, wendete Alicia, indem sie mit
einem Male die herkömmlichen Gemeinplätze ruhen ließ,
sich an den jungen neapolitanischen Grafen mit der Frage:

„Was soll das seltsame Hörnergeschenk bedeuten, wel=
ches Sie Ihren Blumen beigegeben haben? Meine Die=
nerin Vice sagte mir, es sei ein Verwahrungsmittel gegen
den Fascino. Das ist alles, was ich von ihr habe er=
fahren können."

„Vice hat Recht," sagte der Graf sich verneigend.

„Aber was ist denn der Fascino?" fuhr die junge
Miß fort. „Ich bin nicht bewandert in Ihrem afrikanischen
Aberglauben, denn ohne Zweifel steht die Sache in Zu=

sammenhang mit irgend einer im Volke verbreiteten aber=
gläubischen Meinung."

„Der Fascino ist der verderbliche Einfluß, den die
Person ausübt, welche mit dem bösen Blick begabt oder
vielmehr behaftet ist."

„Ich stelle mich, als wenn ich Sie verstünde, aus Furcht
Ihnen einen ungünstigen Begriff von meiner Fassungsgabe
zu geben, wenn ich gestehe, daß ich den Sinn Ihrer Worte
immer noch nicht begreife," sagte Miß Alicia Ward. „Sie
erklären mir etwas Unbekanntes durch ein zweites Unbe=
kannte. ‚Böser Blick‘ ist für mich eine sehr ungenügende
Uebersetzung des Wortes Fascino. Gerade wie jene Per=
son in der Komödie verstehe ich lateinisch, bitte Sie aber
zu thun, als ob ich es nicht verstünde."

„Nun so will ich mich denn mit aller möglichen Klar=
heit näher auf die Sache einlassen," antwortete Altavilla.
„Nur halten Sie mich in Ihrem britischen Stolze nicht
etwa für einen Wilden und fragen Sie mich nicht, ob
meine Kleider nicht eine roth und blau tättowirte Haut
verbergen. Ich bin ein civilisirter Mensch; ich bin in
Paris erzogen; ich spreche englisch und französisch; ich habe
Voltaire gelesen; ich glaube an Dampfmaschinen und Eisen=
bahnen; ich esse die Maccaroni mit der Gabel; ich trage
des Morgens schwedische, Nachmittags bunte und Abends
strohfarbene Handschuhe."

Durch diese seltsame Einleitung ward auch die Auf=
merksamkeit des Commodore erweckt, der seine zweite Brod=
schnitte mit Butter strich, und er hielt in seiner Beschäf=
tigung inne, während er auf Altavilla seine hellblauen
Augen heftete, deren Farbe zu seinem ziegelrothen Teint
einen seltsamen Gegensatz bildete.

„Das sind allerdings sehr beruhigende Bezugnahmen,"
sagte Miß Alicia lächelnd, und ich müßte sehr mißtrauisch
sein, wenn ich Sie jetzt noch im Verdacht der Barbarei
haben wollte. Das, was Sie mir zu sagen haben, muß
aber sehr furchtbar oder sehr abgeschmackt sein, da Sie so
viele Umschweife machen, ehe Sie zur Sache kommen."

„Ja, es ist sehr furchtbar, sehr abgeschmackt und sogar sehr lächerlich, was noch schlimmer ist, „fuhr der Graf fort. „Wenn ich in London oder in Paris wäre, so würde ich vielleicht eben so darüber lachen wie Sie, hier aber in Neapel —"

„Werden Sie ernst bleiben; nicht wahr, das wollen Sie sagen?"

„Ganz recht."

„Kommen wir zum Fascino," sagte Miß Ward, auf welche Altavilla's Ernst wider ihren Willen Eindruck machte.

„Dieser Glaube verliert sich bis in das grauste Alterthum. Es wird schon in der Bibel darauf angespielt. Virgil spricht davon im Tone der Ueberzeugung. Die in Pompeji, Herculanum und Stabiä gefundenen metallenen Amulette, die an den Mauern der vom Schutte gesäuberten Häuser angemalten Schutzzeichen beweisen, wie sehr dieser Aberglaube früher verbreitet war (Altavilla betonte das Wort Aberglaube mit boshafter Absicht). Der ganze Orient hält heute noch daran fest. Auf jeder Seite der maurischen Häuser sind rothe oder grüne Hände angebracht, um den übeln Einfluß abzuwenden. So sieht man zum Beispiel auf dem Schlußstein des Gerichtsthores in der Alhambra eine gemeißelte Hand, woraus hervorgeht, daß dieses Vorurtheil, wenn nicht gegründet, doch wenigstens sehr alt ist. Wenn Millionen Menschen Jahrtausende lang eine Meinung getheilt haben, so ist es wahrscheinlich, daß diese so allgemein angenommene Meinung sich auf positive Thatsachen und auf eine lange Reihe von durch die Erfahrung bestätigten Beobachtungen stützt. Wie vortheilhaft auch die Meinung sein mag, die ich von mir selbst habe, so kann ich doch kaum glauben, daß so viele Personen, von welchen sicherlich viele berühmt, aufgeklärt und gelehrt waren, sich in einer Sache, in welcher ich allein klar sähe, gröblich getäuscht haben sollten —"

„Ihre Schlußfolgerung läßt sich sehr leicht umkehren," unterbrach ihn Miß Alicia Ward. „War der Polytheismus nicht die Religion Hesiod's, Homers, Aristoteles,

Plato's, ja sogar Socrates' welcher dem Aesculap einen Hahn opferte und einer Menge anderer Personen von unbestreitbarer hoher Geistesbildung?"

„Allerdings, aber es giebt heutzutage Niemanden mehr, welcher dem Jupiter Rinder opfert."

„Es ist auch weit besser, Beefsteaks und Rumpsteaks daraus zu machen," sagte in salbungsvollem Tone der Commodore, den der Gebrauch, die fetten Keulen der Opferthiere auf Kohlen zu verbrennen beim Lesen des Homer allemal sehr unangenehm berührt hatte.

„Man opfert allerdings jetzt der Venus keine Tauben mehr," fuhr der Graf fort, „eben so wenig als Pfauen der Juno, oder Böcke dem Bachus. Das Christenthum hat jene Träume von weißem Marmor verdrängt, womit Griechenland seinen Olymp bevölkert hatte; die Wahrheit hat den Irrthum besiegt, aber eine unendliche Menge Leute fürchten immer noch die Wirkungen des Fascino, oder, um ihm seinen volksthümlichen Namen zu geben, der Jettatura."

„Daß das unwissende Volk sich durch dergleichen Einflüsse beunruhigen läßt, begreife ich recht wohl," sagte Miß Ward; „daß aber ein Mann von Ihrer Geburt und Erziehung diesen Glauben theilt, das nimmt mich Wunder."

„Mehr als Einer, der den Freigeist spielt," antwortete der Graf, „hängt an sein Fenster ein Horn, nagelt ein Hirschgeweih über seine Thür und geht nur mit Amuleten bedeckt einher. Ich bin ganz offen und gestehe freimüthig, daß wenn ich einem Jettatore begegne, ich gern die andere Seite der Straße einschlage, und daß, wenn ich seinem Blick nicht ausweichen kann, ich ihn durch die geheiligte Geberde so gut als möglich beschwöre. Ich mache damit eben so wenig Umstände als ein Lazzarone und befinde mich wohl dabei. Zahlreiche Mißgeschicke haben mich gelehrt, diese Vorsichtsmaßregeln nicht zu verschmähen."

Miß Alicia Ward war Protestantin und mit großer philosophischer Geistesfreiheit erzogen, welche nichts zugestand als nach eigener Forschung und Untersuchung, und ihrem geraden klaren Verstande widerstrebte Alles, was sich nicht auf mathematische Weise erklären ließ. Die Worte des Grafen setzten sie in Erstaunen. Anfangs wollte sie darin blos eine einfache Leistung der Disputirkunst sehen, der ruhige und überzeugte Ton des Grafen aber brachte sie auf andere Gedanken, ohne sie jedoch in irgend einer Weise zu überzeugen.

„Ich gebe Ihnen zu," sagte sie, „daß dieses Vorurtheil existirt, daß es sehr verbreitet ist, daß es Ihnen mit Ihrer Furcht vor dem bösen Blicke Ernst ist und daß Sie nicht die Absicht haben, mit der Einfalt einer armen Ausländerin Ihr Spiel zu treiben; aber geben Sie mir nur irgend einen physischen Grund für diese abergläubische Idee, denn sollten Sie mich auch als ein ganz aller Poesie entbehren= des Wesen betrachten, so muß ich doch gestehen, daß ich sehr ungläubig bin; das Phantastische, das Geheimnißvolle, das Verborgene, das Unerklärliche haben über mich sehr wenig Gewalt."

„Sie werden aber, Miß Alicia," hob der Graf wieder an, „die Macht des menschlichen Auges nicht leugnen. Das Licht des Himmels verschmilzt sich darin mit dem Widerschein der Seele. Der Augenstern ist eine Linse, welche die Strahlen des Lebens concentrirt und die in= tellectuelle Electricität zuckt durch diese enge Oeffnung her= vor. Durchbohrt der Blick eines Weibes nicht selbst das härteste Herz? Magnetisirt der Blick eines Helden nicht eine ganze Armee? Zähmt der Blick eines Arztes nicht den Wahnsinnigen wie eine kalte Douche? Bringt der Blick einer Mutter nicht selbst einen Löwen zum Weichen?"

„Sie führen Ihre Sache mit Beredtsamkeit," antwortete Miß Ward, ihr schönes Köpfchen schüttelnd. „Verzeihen Sie mir aber, wenn noch Zweifel übrig bleiben."

„Und der Vogel, welcher vor Angst zitternd und kläg= lich zwitschernd von der Höhe eines Baumes, von wo er mit leichter Mühe davonfliegen könnte, herabflattert, um sich in den Rachen der Schlange zu stürzen, die ihn be=

zaubert, gehorcht dieser vielleicht einem Vorurtheil? Hat er vielleicht in seinem Neste von gefiederten Klatschgevatterinnen Jettatura-Geschichten erzählen hören? — Finden nicht viele Wirkungen in Folge von Ursachen statt, welche durch unsere Organe nicht erfaßt werden können? Sind die Miasmen des Sumpffiebers, der Pest, der Cholera vielleicht sichtbar? Kein Auge gewahrt das elektrische Fluidum auf der Spitze des Blitzableiters und dennoch wird der Blitz angezogen? Was liegt wohl Abgeschmacktes darin, zu glauben, daß von dieser schwarzen, grauen, oder blauen Scheibe sich ein wohlthätiger oder verderblicher Strahl entwickelt? Warum sollte diese Ausströmung nicht je nach der Art und Weise, wie sie zu Tage tritt, und nach dem Winkel, unter welchem der Gegenstand sie empfängt, glück- oder unglückbringend sein?"

„Mir scheint," sagte der Commodore, „als ob die Theorie des Grafen etwas Plausibles hätte. Ich für meine Person habe die goldenen Augen einer Kröte niemals betrachten können, ohne im Magen eine unerträgliche Wärme zu fühlen, gerade als ob ich ein Brechmittel eingenommen hätte und dennoch hatte das arme Thier weit mehr Grund zur Furcht als ich, der ich es mit einem Fußtritt zermalmen konnte."

„Ach, lieber Onkel," rief Miß Ward, „wenn Du mit Herrn von Altavilla gemeinschaftliche Sache machst, dann werde ich freilich unterliegen! Ich bin keine geübte Kämpferin. Obschon ich vielleicht gegen jene Augenelectricität, von welcher noch kein Physiker gesprochen, vielerlei einzuwenden hätte, so will ich doch die Existenz derselben einen Augenblick lang zugeben. Aber welche Wirksamkeit können die ungeheuren Hörner, welche Sie mir geschenkt haben, zum Schutz gegen die verderblichen Folgen jener Electricität äußern?"

„Eben so wie der Blitzableiter mit seiner Spitze den Blitz anzieht," antwortete Altavilla, „eben so lenken die Spitzen dieser Hörner, auf welche der Blick des Jettatore sich heftet, das verderbliche Fluidum ab und berauben es seiner gefährlichen Electricität. Die nach vorwärts gestreckten Finger und die Korallenamulete leisten denselben Dienst."

"Alles, was Sie mir da erzählen, ist sehr närrisch, Herr Graf," hob Miß Ward wieder an. "Was ich davon zu begreifen glaube, ist Folgendes. Ihrer Ansicht nach stehe ich unter dem Fascino eines sehr gefährlichen Jettatore, und Sie haben mir diese Hörner als Vertheidigungsmittel geschickt, nicht wahr?"

"Ich fürchte es, Miß Alicia," antwortete der Graf im Tone tiefer Ueberzeugung.

"Das wäre noch besser," rief der Commodore, "daß einer dieser Schufte mit seinem Schielauge meine Nichte zu bestricken suchte! Obschon ich ein Sechziger bin, so habe ich doch meine Boxerlectionen noch nicht vergessen."

Und er ballte die Faust indem er den Daumen gegen die gebogenen Finger drückte.

"Zwei Finger reichen schon hin, Mylord," sagte Altavilla, indem er die Hand des Commodore die gewünschte Position annehmen ließ. "In den meisten Fällen ist die Jettatura unwillkührlich. Die Menschen, welche diese verderbliche Begabung besitzen, üben sie aus ohne etwas davon zu wissen, und oft wenn die Jettatori zum Bewußtsein ihrer verderblichen Macht gelangen, beklagen sie die Wirkungen derselben mehr als sonst Jemand. Deßhalb muß man sie meiden, aber nicht mißhandeln. Uebrigens kann man mit Geweihen, ausgestreckten Fingern und gespaltenen Korallenzweigen ihren Einfluß neutralisiren oder wenigstens bedeutend schwächen."

"In der That, das ist sehr seltsam," sagte der Commodore, auf welchen Altavilla's Kaltblütigkeit wider Willen Eindruck machte.

"Ich wußte nicht, daß ich so sehr von den Jettatori belästigt würde. Ich verlasse diese Terrasse nur selten, höchstens um des Abends mit meinem Onkel eine Spazierfahrt längs der Villa Reale zu machen und ich habe nichts bemerkt, was Grund zu Ihrer Voraussetzung geben könnte", sagte Miß Ward, deren Neugier allmälig rege ward, obschon ihre Ungläubigkeit noch immer dieselbe war. „Worauf gründet sich Ihr Argwohn?"

„Es ist kein Argwohn, Miß Ward; meine Gewißheit ist vollständig," antwortete der junge neapolitanische Graf.

„Ich bitte Sie, offenbaren Sie uns den Namen dieses verhängnißvollen Wesens," sagte Miß Ward mit einem leichten Anflug von Spott.

Altavilla schwieg.

„Es ist gut zu wissen, vor wem man sich zu hüten hat," setzte der Commodore hinzu.

Der junge neapolitanische Graf schien sich zu sammeln, dann erhob er sich, blieb vor Alicia's Onkel stehen, verneigte sich ehrerbietig und sagte:

„Mylord Ward, ich bitte Sie hiermit um die Hand Ihrer Nichte."

Bei diesen unerwarteten Worten ward Alicia feuerroth und der Commodore dunkelpurpur.

Allerdings konnte der Graf Altavilla Anspruch auf Miß Ward's Hand machen. Er gehörte einer der ältesten und edelsten Familien von Neapel an; er war schön, jung, reich, bei Hofe wohl angesehen, fein gebildet und von tadelloser Eleganz. Sein Antrag hatte daher an und für sich durchaus nichts anstößiges, aber derselbe geschah auf so plötzliche und so seltsame Art und hing mit der so eben stattgehabten Conversation so wenig zusammen, daß die Bestürzung des Onkels und der Nichte sehr natürlich war. Auch schien Altavilla dadurch weder überrascht noch entmuthigt zu werden, sondern erwartete die Antwort festen Fußes.

„Mein lieber Graf," sagte endlich der Commodore, nachdem er sich ein wenig von seiner Ueberraschung erholt, „Ihr Antrag setzt mich in Erstaunen — eben so sehr als er mir zur Ehre gereicht. In der That, ich weiß nicht was ich Ihnen antworten soll; ich habe mich noch nicht mit meiner Nichte hierüber besprochen; wir sprachen von Fascino — von Jettature — von Hörnern — von Amu_

leten — von offenen oder geschlossenen Händen — von
allerlei Dingen die mit dem Heirathen nichts zu schaffen
haben, und nun verlangen Sie auf einmal von mir Alicia's
Hand! — Das paßt durchaus nicht zusammen und Sie
werden mir es nicht übel nehmen, wenn ich nicht weiß,
was ich sagen soll. Ein solches Bündniß würde sicherlich
ein sehr angemessenes und passendes sein, aber ich glaubte,
meine Nichte hätte schon andere Absichten. Allerdings ver=
steht ein alter Seehund wie ich, nicht sonderlich geläufig
in dem Herzen junger Mädchen zu lesen."

Alicia, welche sah, daß ihr Onkel verlegen ward, be=
nutzte die Pause, die er nach seinem letzten Worte machte,
um einen Auftritt zu beenden, welcher anfing, peinlich zu
werden, und sagte zu dem Neapolitaner:

„Graf, wenn ein rechtschaffener Mann in rechtschaffener
Weise um die Hand eines rechtschaffenen jungen Mädchens
anhält, so kann sie dies durchaus nicht übel nehmen; wohl
aber hat sie das Recht über die seltsamen Formen zu er=
staunen, welche diesem Antrage gegeben worden: Ich bat
Sie, mir den Namen des angeblichen Jettatore zu sagen,
dessen Einfluß mir nach Ihrer Meinung schädlich sein kann,
und Sie stellen auf einmal an meinen Onkel ein Ansin=
nen, dessen Beweggrund mir nicht klar ist."

„Der Grund," antwortete Altavilla, „liegt darin, daß
ein Edelmann sich nicht gern zum Verräther macht und
daß nur ein Ehemann seine Frau vertheidigen kann.
Nehmen Sie sich jedoch einige Tage Bedenkzeit. Bis da=
hin werden die auf recht ersichtliche Weise aufgestellten
Stierhörner hoffentlich hinreichen, Sie vor jedem schlimmen
Zufall zu schützen."

Nachdem der Graf dies gesagt, erhob er sich und ging
fort, nachdem er sich abermals tief verneigt.

Vice, die braune Dienerin mit dem krausen Haar,
welche die Theekanne und die Tassen wegholen wollte,
hatte, indem sie langsam die Stufen der Terrasse herauf=
stieg, das Ende des Gesprächs gehört. Sie hegte gegen
Paul von Aspremont den ganzen Widerwillen, welchen

eine durch zwei oder drei Jahr häusliches Leben gezähmte Bäuerin der Abruzzen in Bezug auf einen Ausländer haben kann, welcher im Verdacht der Jettatura steht. Andererseits fand sie den Grafen von Altavilla ganz vortrefflich und begriff nicht, wie Miß Ward ihm einen hagern bleichen jungen Menschen vorziehen konnte, den selbst sie, Vice, nicht gemocht hätte, auch wenn er nicht mit dem Fascino behaftet gewesen wäre. Da sie überdies das Zartgefühl, welches in der Handlungsweise des Grafen lag, nicht zu würdigen verstand und ihre Herrin welche sie liebte, einem schädlichen Einflusse zu entziehen wünschte, so neigte sie sich zu Miß Ward's Ohr und sagte zu ihr:

„Ich kenne den Namen, den Ihnen der Graf Altavilla verschweigt."

„Ich verbiete Dir, mir ihn zu sagen, Vice, wenn Du willst, daß Du noch ferner bei mir gut stehst," antwortete Alicia. „Dieser ganze Aberglaube ist schimpflich und ich werde demselben als gute Christin, die nur Gott fürchtet, trotzbieten."

VII.

„'Jettatore! Jettatore!' — diese Worte galten mir," sagte Paul von Aspremont bei sich selbst, als er nach dem Hotel zurückkehrte. „Was sie bedeuten, weiß ich nicht, ganz gewiß aber haben sie einen beleidigenden oder spöttischen Sinn. Was habe ich denn Eigenthümliches, Ungewohntes, oder Lächerliches an mir, daß ich die Aufmerksamkeit in einer so ungünstigen Weise auf mich ziehe? Mir scheint — obschon man ein ziemlich schlechter Kenner seiner selbst ist — als wäre ich weder schön noch häßlich, weder groß noch klein, weder mager noch dick, und als könnte ich ganz unbemerkt unter dem großen Haufen vorübergehen. Meine Kleidung hat ebenfalls nichts Excentrisches; ich trage keinen mit Wachskerzen beleuchteten Turban wie Jourbain in dem Lustspiele 'der Bürger als Edelmann'; ich trage keine Jacke mit einer auf den Rücken gestickten goldenen Sonne; es schreitet mir kein cimbelschlagender Neger voran; meine Persönlichkeit, die übrigens in Neapel vollkommen unbekannt ist, verkriecht sich unter dem gleichmäßigem Gewand, dem Domino der modernen Civilisation, und ich bin in allen Dingen den Elegants gleich, welche in der Toledostraße oder auf dem Palaisplatze promeniren, bis auf etwas weniger Cravatte, etwas weniger Stecknadeln, etwas weniger gesticktes Hemb, etwas weniger Weste, etwas weniger goldene Ketten und viel weniger Frisur.

„Vielleicht bin ich nicht genug frisirt," fuhr er nach einer Pause in seinem Selbstgespräche fort. „Morgen werde ich mir von dem Friseur des Hotels das Haar kräuseln lassen. Dennoch aber ist man hier gewohnt, Fremde zu sehen, und einige unbemerkbare Unterschiede in der Toilette reichen nicht hin, das geheimnißvolle Wort und die seltsame Geberde zu rechtfertigen, welche meine Gegenwart hervorruft. Uebrigens habe ich in den Augen der Leute, welche mir aus dem Wege gehen, einen Ausdruck von Widerwillen und Schrecken bemerkt. Was kann ich diesen Leuten gethan haben, welchen ich zum ersten Male begegne? Ein Reisender, ein Schatten, welcher vorübergeht, um nie wiederzukehren, erweckt überall nur Gleichgültigkeit, dafern er nicht aus einem fernen Lande kommt und ein Exemplar von einem unbekannten Volke ist; Touristen aber wie ich, werden von dem Packetboote alle Wochen zu Tausenden auf die Hafendämme geworfen. Wer kümmert sich weiter um sie als höchstens die Kofferträger, die Hotelwirthe und die Lohndiener? Ich habe nicht meinen Bruder umgebracht, denn ich habe keinen; Gott kann mich nicht mit dem Kainszeichen gebrandmarkt haben und dennoch werden die Menschen bei meinem Anblick unruhig und entfernen sich. In Paris, in London, in Wien, in allen Städten, die ich bewohnt, habe ich niemals bemerkt, daß ich eine solche Wirkung hervorgebracht hätte. Man hat mich zuweilen stolz, hochmüthig und menschenfeindlich gefunden; man hat mir gesagt, daß ich den englischen Sneer affectirte, daß ich Lord Byron nach= ahmte, aber ich habe deswegen überall den Empfang ge= funden, der einem Gentleman gebührt und mein Entgegen= kommen ward, obschon selten, deswegen nur um so höher geschätzt. Eine breitägige Ueberfahrt von Marseille nach Neapel kann mich nicht in so hohem Grade verändert haben, daß ich widerwärtig oder grotesk geworden wäre, ich, den mehr als eine Frau ausgezeichnet und der das Herz der schönen Miß Alicia Ward, dieses herrlichen Mäd= chens, dieses himmlischen Wesens, dieses Engels zu rühren gewußt hat."

Diese allerdings ganz vernünftigen und richtigen Be= trachtungen beruhigten Paul von Aspremont wieder ein wenig und er überredete sich, daß er der übertriebenen Mimik der Neapolitaner dieses gestikulationsreichsten Vol= kes der Welt einen Sinn beigelegt habe, der ihr fremd sei.

Es war spät. Sämmtliche Fremde mit Ausnahme Pauls hatten sich auf ihre Zimmer begeben. Gelsomina, eine der Mägde, deren Physiognomie wir bei dem Concil gezeichnet, welches unter Virgilio Falsacappa's Vorsitz in der Küche gehalten worden, wartete bis Paul herein wäre, um dann die Thür von innen zu verriegeln.

Nannella, die andere Magd, an welcher die Reihe des Wachens eigentlich war, hatte ihre muthigere Genossin ge= beten, ihre Stelle zu vertreten, weil sie mit dem der Jettatura verdächtigen Frembling nicht zusammentreffen wollte. Auch hatte Gelsomina sich vollkommen gerüstet. Ein ungeheures Packet Amulete hing wie ein Igel auf ihrer Brust und fünf kleine Korallenhörner anstatt der geschnittenen Perlen in ihren Ohrringen. Ihre im Voraus eingebogene Hand streckte den Zeigefinger und den kleinen Finger mit einer Richtigkeit, welche der ehrwürdige Pfarrer Andrea de Jorio, Verfasser der „Mimica degli antichi investigata nel gestire Napoletano" sicherlich gutgeheißen haben würde.

Die tapfere Gelsomina reichte, indem sie die eine Hand hinter einer Falte ihres Rockes verbarg, Herrn von Aspremont sein Licht und heftete auf ihn einen scharfen, hartnäckigen, beinahe herausfordernden Blick von so eigenthümlichem Ausdruck, daß der junge Mann davor die Augen niederschlug — ein Umstand, welcher diesem schönen Mädchen viel Vergnügen zu machen schien.

Wer sie so unbeweglich und gerade dastehen sah, wie sie mit statuenähnlicher Geberde das Licht hinreichte, mit der leuchtenden Linie auf ihrem Profil und dem starren funkelnden Auge, hätte glauben können, sie sei die antike Nemesis, welche einen Verbrecher aus der Fassung zu bringen suche.

Als der Fremde die Treppe hinauf und das Geräusch seiner Tritte in dem allgemeinen Schweigen verhallt war, richtete Gelsomina mit triumphirender Miene den Kopf empor und sagte:

„Ich habe ihm seinen Blick nicht schlecht in das Auge zurückgetrieben, diesem widerwärtigen Menschen, den der heilige Januarius vernichte! Ich bin überzeugt, daß mir nichts Schlimmes begegnen wird."

Paul schlief schlecht und unruhig. Er ward von allen Arten seltsamer Träume gequält, welche sich auf die Ideen bezogen, die ihn am Abend vorher beschäftigt hatten. Er sah sich von fletschenden ungeheuerlichen Gesichtern umringt, welche Haß, Wuth und Furcht zu erkennen gaben. Dann verschwanden die Gesichter. Lange magere knochige Finger mit knotigen Gelenken, aus dem Schatten auftauchend und von höllischem Scheine geröthet, drohten ihm, indem sie allerhand kabbalistische Zeichen machten. Die Nägel dieser Finger krümmten sich wie Tigerklauen oder Geierkrallen, kamen seinem Gesicht immer näher und schienen ihm die Augen auskratzen zu wollen.

Mit gewaltiger Anstrengung gelang es ihm, diese auf Fledermausflügeln herumflatternden Hände hinwegzuscheuchen, aber auf die Krallenhände folgten Stier- und Büffelhörner und Hirschgeweihe, weißgebleichte Schädel von

Leben beseelt, die, auf ihn einbringend, ihn nöthigten, sich in's Meer zu stürzen, wo er sich den Körper an einem Korallenwald mit spitzigen oder gespaltenen Aesten zerriß.

Eine Woge warf ihn zerschmettert, zerschlagen, halb= todt wieder auf die Seite und wie der Don Juan des Lord Byron sah er durch seine Ohnmacht hindurch ein reizendes sich auf ihn herabneigendes Haupt. Es war nicht Hayden, sondern Alicia, noch schöner als das von der Phantasie des Dichters geschaffene Wesen. Das junge Mädchen machte vergebliche Bestrebungen, den Körper, wel= chen das Meer immer wieder an sich reißen wollte, auf den Sand zu ziehen und verlangte von Vice, der braunen Dienerin, einen Beistand, welchen diese ihr mit grimmigem Gelächter verweigerte. Alicia's Arme ermatteten und er sank wieder in den Schlund hinab.

Diese gräßlichen, sich bunt durcheinander wirrenden Phantasmagorien und andere, noch unklarere und ver= worrenere, marterten den Schläfer bis zum ersten Morgen= schimmer. Seine durch die Vernichtung des Körpers in Freiheit gesetzte Seele schien zu errathen, was sein wacher Gedanke nicht begreifen konnte und bemühte sich, in der Camera obscura des Traumes seine Ahnungen in Bilder zu übersetzen.

Paul erhob sich ermattet und unruhig und gleichsam auf die Spur eines Unglücks geführt, welches durch diese Träume verborgen ward, deren Geheimniß er zu ergrün= den sich scheute. Er überlegte das verhängnißvolle Ge= heimniß hin und her. Er schloß die Augen um nicht zu sehen und die Ohren, um nicht zu hören. Niemals war er trauriger gewesen. Er zweifelte sogar an Alicia. Die sichere kecke Miene des neapolitanischen Grafen, das Wohl= gefallen, womit die junge Engländerin ihn anhörte, die beifällige Miene des Commodore — alles dies kam ihm unter tausend grausamen Einzelnheiten wieder in's Ge= dächtniß zurück, überfluthete ihm das Herz mit Bitterkeit und steigerte ihm seine Melancholie noch höher.

Das Licht hat das Vorrecht, daß es die durch nächtliche Visionen hervorgerufene Unruhe verscheucht. Der quälende Dämon rührt sein Fledermausflügel und flattert hinweg, wenn der junge Tag durch die Zwischenräume der Vorhänge seine goldenen Pfeile ins Zimmer schießt. Die Sonne schien mit hellem Glanze, der Himmel war rein und auf dem Blau des Meeres funkelten Millionen Flimmerchen. Allmälig ward Paul wieder heiterer; er vergaß seine quälenden Träume und die seltsamen Eindrücke des vorigen Tages, oder wenn er daran dachte, so geschah es, um sich der Uebertreibung anzuklagen.

Er machte einen Spaziergang nach Chiaja, um sich an dem Schauspiel des neapolitanischen Ungestüms zu ergötzen. Die Handelsleute schrieen ihre Waaren unter seltsamen Anpreisungen im Volksdialect, der für ihn, der nur das Italienische kannte, unverständlich war, mit tollen Geberden und einer im Norden unbekannten furiösen Lebendigkeit aus. So oft er aber an einer Bude stehen blieb, nahm der Handelsmann eine unruhige Miene an, murmelte mit gedämpfter Stimme einige Verwünschungen und streckte die Finger aus, als ob er ihn damit erdolchen wollte. Die Weiber waren noch kecker, überhäuften ihn mit Schmähungen und zeigten ihm die Faust.

VIII.

Paul von Aspremont glaubte, als er sich von dem gemeinen Volke in Chiaja schimpfen hörte, er sei blos der Gegenstand jener grotesk-komischen Tiraden, welche die Fischweiber gegen die den Markt passirenden wohlgekleideten Leute loszulassen pflegen. Es malte sich jedoch ein so ächter und lebhafter Schrecken und Abscheu in aller Augen, daß er sich genöthigt sah, dieser Deutung zu entsagen. Das Wort „Jettatore" welches schon in dem Theater San

Carlino an sein Ohr geschlagen war, ward abermals aus=
gesprochen.

Er entfernte sich deshalb mit langsamen Schritten und
heftete seinen Blick, die Ursache so vieler Unruhe, auf nichts
mehr. Als er längs der Häuser hinging um sich der öffent=
lichen Aufmerksamkeit zu entziehen, kam er an die Bude
eines Bücherantiquars und blieb hier stehen, um einige der
Bücher in Augenschein zu nehmen und darin herumzublät=
tern. Er drehete auf diese Weise den Vorübergehenden
den Rücken zu und sein durch die Blätter halb verborgenes
Gesicht gab keinen Anlaß zu neuen Insulten.

Einen Augenblick lang war er mit den Gedanken um=
gegangen, dieses Gesindel mit Stockschlägen zu züchtigen,
der abergläubische Schrecken aber, welcher sich seiner zu be=
mächtigen begann, hatte ihn davon zurückgehalten. Er
erinnerte sich, daß er, als er einmal einen unverschämten
Kutscher mit einem leichten Stöckchen geschlagen, ihn an
die Schläfe getroffen und auf der Stelle getödtet hatte —
ein unfreiwilliger Mord, über welchem er sich niemals hatte
zufrieden geben können.

Nachdem er mehrere Bücher zur Hand genommen und
wieder auf ihren Platz gestellt, ergriff er zufällig die Ab=
handlung des Signor Niccolo Valetta: „Ueber die Jettatura". Dieser Titel leuchtete ihm wie mit Flammenschrift
in die Augen und das Buch schien durch die Hand des
Verhängnisses selbst hierher gebracht worden zu sein. Er
warf dem Büchertrödler, der ihn von der Seite ansah und
mit zwei oder drei an seiner Uhrkette hängenden schwarzen
Hörnern spielte, die sechs oder acht Carlins, welche das
Buch kostete, hin und eilte zurück in sein Hotel, um sich
in sein Zimmer einzuschließen und die Lectüre zu beginnen
welche ihn aufklären und die Zweifel heben sollte, von
welchem er seit seinem Verweilen in Neapel behelligt
ward.

Die Chartete des Signor Valetta ist in Neapel eben
so sehr verbreitet als die „Geheimnisse des großen

Albert," der „Etteila," oder „der Schlüssel der Träume" es in Paris sein können. Valetta definirt die Jettatura, lehrt, an welchen Zeichen man sie erkennen kann, durch welche Mittel man sich davor bewahrt. Er theilt die Jettatori in mehrere Klassen nach dem Grade ihrer Schädlichkeit und erörtert alle Fragen, die sich an diesen ernstem Gegenstand knüpfen.

Hätte Aspremont dieses Buch in Paris gefunden, so würde er es zerstreut durchblättert haben wie einen alten mit lächerlichen Geschichten angefüllten Kalender, und er hätte über die Ernsthaftigkeit gelacht, mit welcher der Verfasser diesen Unsinn bespricht. In der Stimmung aber, in welcher er sich jetzt befand, aus seinem natürlichen Gleichgewicht gebracht, durch eine Menge kleiner Vorfälle zur Leichtgläubigkeit geneigt gemacht, las er es mit geheimen Grauen wie ein uneingeweihter, der in einem Hexenbuche Geistercitirungen und kabbalistische Formeln studirt.

Obschon er sie nicht zu durchdringen versucht hatte, so offenbarten sich ihm doch die Geheimnisse der Hölle. Er konnte nicht mehr umhin, sie zu missen, und besaß gegenwärtig das Bewußtsein seiner verhängnißvollen Macht.

Er war ein Jettatore!

Dies mußte er sich selbst gegenüber zugestehen, denn er besaß alle von Valetta beschriebenen unterscheidenden Kennzeichen.

Zuweilen geschieht es, daß ein Mensch, der sich bis dahin mit vollkommener Gesundheit begabt glaubte, zufällig oder aus Langeweile ein medizinisches Buch aufschlägt und indem er die pathologische Beschreibung einer Krankheit liest, sich davon ergriffen erkannt. Durch ein verhängnißvolles Licht erleuchtet, fühlt er bei jedem aufgezähltem Symptom irgend ein obscures Organ, irgend eine verborgene Viber, deren Spiel ihm bis jetzt entgangen, schmerzlich in sich zucken und er erbleicht, indem er den Tod, den er so fern glaubte, so nahe sieht.

Eine ähnliche Wirkung empfand Paul. Er stellte sich vor einen Spiegel und betrachtete sich mit furchtbarer

Aufmerksamkeit. Jene sich widersprechende Vollkommenheit aus Schönheiten zusammengesetzt, die sich in der Regel nicht beisammen finden, verlieh ihm mehr als jemals Aehnlichkeit mit dem gefallenen Erzengel und strahlte unheimlich in dem schwarzen Hintergrunde des Spiegels. Die feinen Fasern seiner Augensterne wanden sich wie von Krampf ergriffene Nattern. Seine Augenbrauen vibrirten gleich dem Bogen, welche so eben den tödtlichen Pfeil entsendet hat. Die weiße Furche seiner Stirn erinnerte an die Narbe von einem Blitzstrahl und in seinem röthlichen Haar schienen höllische Flammen zu leuchten. Die Marmorblässe der Haut ließ jeden Zug dieser wahrhaft furchtbaren Physiognomie noch schärfer hervortreten.

Paul fing an, sich vor sich selbst zu fürchten. Es war ihm als wenn die Ausströmungen seiner Augen von dem Spiegel wie vergiftete Pfeile auf ihn zurückprallten. Man denke sich Medusa, welche ihr gräßliches, versteinerndes Haupt in dem fahlen Wiederschein eines ehernen Schildes betrachtet.

Man wird uns vielleicht einwenden, es sei schwer zu glauben, daß ein junger Mann von Welt, durchdrungen von der modernen Wissenschaft, der mitten im Skepticismus der Civilisation gelebt, ein volksthümliches Vorurtheil habe ernst nehmen und sich einbilden können, er sei wirklich mit einer geheimnißvollen Macht zu schaden begabt.

Hierauf antworten wir, daß in dem allgemeinen Gedanken, in der öffentlichen Meinung ein unwiderstehlicher Magnetismus liegt, der den Menschen wider Willen durchbringt und gegen welchen ein einziger Wille nicht immer auf wirksame Weise kämpft. Mancher, der in Neapel ankommt und über die Jettatura spottet, umgiebt sich zuletzt mit allen nur möglichen Vorsichtsmaßregeln und flieht entsetzt jedes Individuum, dessen Blick ihm verdächtig erscheint.

Paul von Aspremont befand sich in einer noch schwierigeren Stellung. Er hatte selbst den Fascino und Jeder mied ihn oder machte in seiner Gegenwart die von dem

Signor Valetta empfohlenen vorbeugenden Geberden. Obschon sein Verstand sich gegen eine solche Auffassung empörte, so konnte er doch nicht umhin, einzusehen, daß er alle Symptome besaß von welchen die Jettatura begleitet zu sein pflegt.

Der menschliche Geist, selbst der aufgeklärteste, behält immer noch einen dunkeln Winkel, in welchem sich die scheußlichen Chimären der Leichtgläubigkeit zusammenducken, wo die Fledermäuse des Aberglaubens sich anklammern. Selbst das alltägliche Leben ist so erfüllt von unlösbaren Problemen, daß das Unmögliche wahrscheinlich wird. Man kann Alles glauben oder auch Alles leugnen. Von einem gewissen Gesichtspunkt aus betrachtet, ist der Traum eben so gut vorhanden als die Wirklichkeit.

Paul fühlte sich von einer unermeßlichen Traurigkeit durchdrungen. Er war ein Ungeheuer. Obschon mit den liebreichsten Instinkten und dem geistreichsten Wohlwollen begabt, trug er doch das Unglück mit sich. Sein unwillkührlich von Gift erfüllter Blick schadete denen, auf welche er sich heftete, wenn dies auch in der besten Absicht geschah. Er besaß das entsetzliche Vorrecht, die krankhaften Miasmen, die gefährlichen Electricitäten, die verderblichen Einflüsse der Atmosphäre zu vereinigen, zu concentriren und zu destilliren, um sie dann um sich her zu schleudern.

Mehrere Umstände seines Lebens, die ihm bis jetzt dunkel erschienen waren, und welche er in unbestimmter Weise dem Zufall zur Last gelegt, traten jetzt mit einem Male in ein grelles Licht. Er erinnerte sich einer Menge räthselhafter Unfälle, unerklärlicher Mißgeschicke und Katastrophen, zu welchen er nun den Schlüssel besaß. Seltsame Uebereinstimmungen und zusammentreffende Fälle drängten sich seiner Denkkraft auf und bestärkten ihn in der traurigen Meinung, die er nun von sich gefaßt hatte.

Er ließ sein ganzes Leben, ein Jahr nach dem andern an sich vorübergehen. Er gedachte seiner Mutter, welche gestorben war, indem sie ihm das Leben gab, des unglücklichen Endes seiner kleinen Schulfreunde, von welchen der

liebſte den Tod durch den Sturz von einem Baume ge=
funden, auf welchen er, Paul, ihn klettern ſah. Er erin=
nerte ſich jener ſo freudig mit zwei Kameraden begonnenen
Bootfahrt, von welcher er allein zurückgekehrt war, nachdem
er die unerhörteſten Anſtrengungen gemacht, um die Leichen
der durch das Umſchlagen des Bootes ertrunkenen armen
Knaben den Fluthen zu entreißen. Er gedachte jener Fecht=
übung, wo ſein Floret nahe am Knopfe abgebrochen und
auf dieſe Weiſe in einen Degen verwandelt, ſeinen Gegner
einen jungen Mann, den er ſehr liebte, ſo gefährlich ver=
wundet hatte.

Allerdings konnte man dies alles auf vernünftige
Weiſe erklären und Paul hatte es bis jetzt auch gethan,
dennoch aber ſchien das, was in dieſen Ereigniſſen Zufäl=
liges lag, ihm jetzt, ſeitdem er Valetta's Buch kannte, von
einer andern Urſache abzuhängen. Der verhängnißvolle
Einfluß, der Faſcina, die Jettatura, beanſpruchten ihren
Antheil an dieſen Kataſtrophen. Eine ſolche zuſammen=
hängende Kette von Unglücksfällen, welche ein und dieſelbe
Perſon umgab, war nicht natürlich.

Ein anderer der neuern Zeit angehöriger Umſtand kam
ihm ebenfalls ins Gedächtniß — mit allen ſeinen entſetz=
lichen Einzelnheiten — und trug nicht wenig bei, ihn in
ſeinem entmuthigenden Glauben zu beſtätigen.

In London ging er oft in das Theater der Königin,
wo die Anmuth einer jungen engliſchen Tänzerin ganz be=
ſondern Eindruck auf ihn gemacht hatte. Ohne mehr von
ihr eingenommen zu ſein als man es von dem anmuthigen
Geſicht eines Gemäldes oder Kupferſtiches iſt, folgte er ihr
mit dem Blicke unter ihren Genoſſinnen des Balletkorps,
durch den Strudel des kunſtvoll verſchlungenen Tanzes. Er
liebte dieſes ſanfte melancholiſche Antlitz, dieſe zarte Bläſſe,
welche ſelbſt durch die Bewegung des Tanzes niemals ge=
röthet war, das ſchöne glänzende blondſeidene Haar, wel=
ches je nach der Rolle mit Sternen oder mit Blumen ge=
krönt war, jenen langen ſich in dem Raume verlierenden
Blick, die unter ſeiner Lorgnette ſchauernden Schultern von

jungfräulicher Keuschheit, die Beine, welche ihre Gazenwol=
ken nur ungern emporhoben und unter der Seide leuchte=
ten, wie der Marmor einer antiken Bildsäule. Jedes Mal,
wo sie an der Rampe vorüberkam, begrüßte er sie durch
ein kleines Zeichen verstohlener Bewunderung, oder be=
waffnete sich mit seinem Lorgnon, um sie besser zu sehen.
  Eines Abends streifte die Tänzerin, durch den kreis=
runden Flug eines Walzers fortgerissen, jene funkelnde
Feuerlinie, welche im Theater die ideale Welt von der
wirklichen trennt, allzudicht. Ihre leichten Sylphidendrape=
rien zitterten wie Taubenflügel, die im Begriff stehen, sich
emporzuschwingen. Ein Gasbrenner streckte seine blau und
weiße Zunge aus und erfaßte den luftigen Stoff. In
einem Augenblick umhüllte die Flamme das junge Mädchen,
welches einige Secunden tanzte wie ein Irrlicht, inmitten
eines rothen Scheines, und, wahnsinnig vor Schrecken,
von ihren brennenden Kleidern lebendig verzehrt, nach der
Coulisse stürzte.
  Paul war durch diesen Unglücksfall, von welchem da=
mals alle Journale sprachen, in denen man noch jetzt den
Namen des Opfers finden könnte, wenn man neugierig
wäre, ihn zu wissen, sehr schmerzlich ergriffen worden, aber
sein Kummer war nicht mit Gewissensbissen gemischt ge=
wesen. Er maß sich keinen Theil an dem Unglücksfalle
bei, den er mehr beklagte als sonst Jemand.
  Jetzt dagegen war er überzeugt, daß seine Hartnäckig=
keit, der Tänzerin mit dem Blicke zu folgen, ihrem Tode
nicht fremd gewesen sei. Er betrachtete sich als ihren
Mörder, er empfand Abscheu vor sich selbst und wünschte
niemals geboren zu sein.
  Auf diese tiefe Entmuthigung folgte eine heftige Reac=
tion. Er schlug ein krampfhaftes Gelächter auf, schleuderte
Baletta's Buch von sich und rief:
  „In der That, ich werde entweder blödsinnig oder
närrisch! Die Sonne von Neapel muß auf mein Gehirn
eingewirkt haben. Was würden meine Freunde im Club
sagen, wenn sie erführen, daß ich in allem Ernste bei mir

die schöne Frage erwogen habe, ob ich ein Jettatore bin oder nicht!"

Pabby pochte leise an die Thür. Paul öffnete und der Groom, in seinem Dienste sehr pedantisch, überreichte ihm auf dem lackirten Leder seiner Mütze und indem er sich entschuldigte, daß er keinen silbernen Teller hätte, einen Brief von Miß Alicia.

Paul von Aspremont erbrach das Siegel und las Folgendes:

„Schmollen Sie mit mir, Paul? Sie kamen gestern nicht und ihr Citronensorbet schmolz melancholisch auf der Tafel. Bis um neun Uhr horchte ich und suchte das Geräusch der Räder Ihres Wagens durch das hartnäckige Gezirp der Heimchen und das Poltern der Tambourins hindurch zu unterscheiden. Dann aber mußte ich alle Hoffnung aufgeben und fing einen Zank mit dem Commodore an. Bewundern Sie, wie gerecht die Frauen sind! — Pulcinella mit seiner schwarzen Nase, Don Limon und Dona Pangrazia haben also wohl viel Reiz für Sie? Denn ich habe durch meine Spione erfahren, daß Sie Ihren Abend in San Carlino zugebracht haben. Von jenen vorgeblich wichtigen Briefen haben Sie nicht einen einzigen geschrieben. Warum wollen Sie nicht ganz einfach und ganz einfältig gestehen, daß Sie eifersüchtig auf den Grafen Altavilla sind? Ich hielt Sie für stolz und diese Bescheidenheit von Ihrer Seite rührt mich. — Haben Sie keine Furcht. Herr von Altavilla ist zu schön und an einem Apollo mit Breloquen finde ich keinen Geschmack. Ich sollte eigentlich stolze Verachtung gegen sie zeigen und sagen, ich hätte Ihre Abwesenheit gar nicht bemerkt, aber die Wahrheit drängt mich, zu gestehen, daß mir die Zeit sehr lang geworden ist, daß ich in sehr schlechter ärgerlicher Laune war und daß ich Vice beinahe geprügelt hätte weil sie lachte wie eine Närrin — obschon ich nicht weiß warum.

A. W."

Dieser in heiterem, spöttischen Tone geschriebene Brief führte Pauls Gedankengang vollständig zum Gefühl des wirklichen Lebens zurück. Er kleidete sich an, befahl den Wagen kommen zu lassen und es dauerte nicht lange, so ließ der Freigeist Scazziga seine ungläubige Peitsche um die Ohren seiner Gäule knallen, welche sofort im Galopp auf dem Lavapflaster durch die auf dem Quai von Santa Lucia stets dicht gedrängte Menge davoneilten.

„Scazziga, welche Tarantel sticht Euch? Ihr werdet ein Unglück anrichten!" rief Paul von Aspremont.

Der Kutscher drehte sich rasch herum um zu antworten und der erzürnte Blick Pauls traf ihn gerade ins Gesicht. Ein Stein, den er nicht gesehen, hob eins der Vorderräder in die Höhe und er stürzte durch die Heftigkeit des Stoßes vom Bocke herunter, ohne jedoch seine Zügel fahren zu lassen. Behend wie ein Affe sprang er wieder auf seinen Platz, obschon an der Stirn mit einer Beule, so groß wie ein Hühnerei.

„Der Teufel soll mich holen, wenn ich mich noch ein= mal umdrehe, während Du mit mir sprichst!" murmelte er zwischen den Zähnen hindurch.

„Timberio, Falsacappa und Gelsomina hatten Recht; — es ist ein Jettatore! Morgen kaufe ich mir ein paar Hörner. Wenn es nichts nützt, so kann es doch wenigstens auch nichts schaden."

Dieser kleine Vorfall war Paul sehr unangenehm. Er führte ihn in den Zauberkreis zurück, aus welchem er hinaus= wollte. Ein Stein findet sich freilich alle Tage unter dem Rad eines Wagens, ein ungeschickter Kutscher fällt vom Bocke herunter — nichts ist einfacher und gewöhnlicher. Dennoch aber war die Wirkung so rasch auf die Ursache gefolgt, Scazziga's Sturz traf so genau mit dem Blick, den er ihm zugeworfen, zurück, daß seine Befürchtungen wieder erwachten.

„Ich habe", sagte er bei sich selbst, „große Lust, schon morgen dieses extravagante Land zu verlassen, wo ich mein Gehirn im Schädel klappern fühle, wie einen trockenen

Nußkern in seiner Schale. Wenn ich aber meine Befürchtungen Miß Ward anvertrauen wollte, so würde sie darüber lachen und das Klima von Neapel ist ihrer Gesundheit günstig. — Ihrer Gesundheit! Dennoch befand sie sich wohl, ehe sie mich kennen lernte. Nie hatte jenes auf den Wogen geschaukeltes Schwanennest, wie man England nennt, ein weißeres und rosigeres Kind hervorgebracht! Das Leben strahlte aus ihren lichterfüllten Augen, blühete auf ihren frischen Atlaswangen; ein reines kräftiges Blut rann in blauen Adern unter ihrer durchsichtigen Haut; man fühlte durch ihre Schönheit hindurch eine anmuthvolle Kraft! Wie ist sie unter meinem Blick bleich und mager geworden! Wie hat sie sich verändert! Wie dünn wurden ihre zarten Hände! Wie begannen ihre so lebhaften Augen von dunklen Schatten umrahmt zu werden! Es war als wenn der Dämon der Abzehrung ihr die knochigen Finger auf die Schulter legte. In meiner Abwesenheit hat sie ihre schönen Farben sehr schnell wiedergewonnen; der Athem spielt frei in ihrer Brust welche der Arzt schon furchtsam behorchte; von meinem verderblichen Einflusse befreit, würde ihr ein langes Leben beschieden sein. Bin ich es nicht, der sie mordet? — Empfand sie nicht neulich Abends, während ich dort war, ein so heftiges Unwohlsein, daß ihre Wangen sich entfärbten, wie bei dem kalten Hauch des Todes? Mache ich ihr nicht die Jettatura, ohne es zu wollen? — Aber vielleicht liegt auch hierin nichts Unnatürliches. — Viele junge Engländerinnen sind von Natur zu Brustkrankheiten geneigt."

Diese Gedanken beschäftigten Paul von Aspremont unterwegs. Als er auf der Terrasse, dem gewöhnlichen Aufenthalte Alicia's und des Commodore, erschien, ragten die ungeheuren sicilischen Stierhörner, das Geschenk des Grafen von Altavilla, an der ersichtlichsten Stelle empor. Als der Commodore sah, daß Paul sie bemerkte, ward er blau — es war dies seine Art und Weise zu erröthen — denn, weniger zartfühlend als seine Nichte, hatte er den vertraulichen Mittheilungen der Dienerin Vice Gehör geschenkt.

Alicia befahl der Dienerin durch eine stolz verächtliche Geberde, die Hörner wegzunehmen, und heftete ihren schönen von Liebe, Muth und Vertrauen erfüllten Blick auf Paul.

„Laßt sie nur stehen", sagte Paul zu Vice; „sie sind sehr schön."

IX.

Pauls Bemerkung über die von dem Grafen Altavilla geschenkten Hörner schien dem Commodore Vergnügen zu machen. Vice lächelte und zeigte ihr spitziges, grimmiges, weißes Gebiß. Alicia schien durch eine rasche Bewegung des Augenlides ihrem Freunde eine Frage zu stellen, die aber unbeantwortet blieb.

Es trat ein peinliches Schweigen ein.

Die ersten Minuten eines selbst herzlichen, vertraulichen, erwarteten und alle Tage erneuerten Besuchs sind gewöhnlich verlegen. Während der Trennung, hätte sie auch nur mehrere Stunden gedauert, hat sich um jeden eine unsichtbare Atmosphäre gebildet, gegen welche die warme Ergießung des Herzens anfänglich vergeblich kämpft. Es ist als ob eine vollkommen durchsichtige Eishülle vorhanden wäre, welche die Landschaft wohl sehen läßt, aber durch den Flug einer Fliege nicht durchbrochen werden würde.

Ein in Folge eines weitverbreiteten gesellschaftlichen Brauchs verhehlter Hintergedanke, beschäftigte gleichzeitig die drei Personen dieser Gruppe, welche sich sonst in der Regel weit unbefangener fühlte. Der Commodore drehete mit mechanischer Bewegung die Daumen um einander; Aspremont betrachtete hartnäckig die schwarzen glatten Spitzen der Hörner, welche er Vice verboten hatte fortzutragen, gerade wie ein Naturforscher, der nach einem Fragment eine unbekannte Gattung zu klassificiren sucht; Alicia legte den Finger in die Schleife des breiten Bandes, welches ihr weites Musselingewand umgürtete, und machte Miene, den Knoten desselben fester zuzuziehen.

Miß Ward war es, welche zuerst das Schweigen brach. Sie that es mit jener Heiterkeit und Unbefangenheit der jungen Engländerinnen, die gleichwohl nach ihrer Verheirathung so bescheiden und so zurückhaltend sind.

„In der That, Paul", sagte sie, „Sie sind seit einiger Zeit nicht sehr liebenswürdig. Ist Ihre Galanterie vielleicht eine kalte Treibhauspflanze, die sich nur in England entfalten kann und deren Entwickelung durch die heiße Temperatur dieses Klima's beengt wird? Wie aufmerksam, eifrig und auf alles bedacht waren Sie in unserm Landhause in Lincolnshire! Sie erschienen da vor mir mit dem Herzen auf der Zunge, der Hand auf der Brust, untadelhaft frisirt, bereit, vor dem Idol Ihrer Seele niederzuknien; — mit einem Wort, sowie man die verliebten auf den Romanvignetten vorstellt."

„Ich liebe Sie immer noch, Alicia" antwortete Aspremont mit tiefer Stimme, aber ohne die Augen von den Hörnern abzuwenden, die an einer der antiken Säulen hingen, welche das Weinrebendach trugen.

„Sie sagen das in so melancholischem Tone, daß man sehr kokett sein müßte, um es zu glauben", fuhr Miß Ward fort. „Ich glaube, was Ihnen an mir gefiel, war mein bleicher Teint, meine Durchsichtigkeit, meine ossian'sche nebelhafte Grazie. Mein leidender Zustand gab mir einen gewissen romantischen Reiz, den ich verloren habe."

„Alicia! niemals waren Sie schöner als jetzt".

„Worte! Worte! Worte! wie Shakspeare sagt. Ich bin so schön, daß Sie sich nicht einmal die Mühe nehmen, mich anzusehen."

Und in der That waren die Augen des Herrn von Aspremont jetzt noch nicht ein einziges Mal auf Alicia geheftet gewesen.

„Wohlan", sagte sie mit einem tiefen in komischer Weise übertriebenen Seufzer. „Ich sehe schon, daß ich ein starkes, dickes, rothbäckiges Bauernmädchen geworden bin, welches nicht mehr fähig ist, auf einem Almackballe oder in einem Taschenbuch als Stahlstich zu figuriren, wo sie durch ein Blatt Seidenpapier von einem bewunderten Sonnett getrennt würde."

„Miß Ward, Sie finden ein Vergnügen darin, sich zu verleumden", sagte Paul, die Augen niederschlagend.

„Sie thäten besser, wenn Sie mir offen geständen, daß ich abscheulich bin. — S i e sind auch schuld daran, Commodore. Durch Ihre gebratenen Hühner, Ihre Coteletten, Ihre Rindslende, Ihre kleinen Gläser Canarienwein, Ihre Spazierritte, Ihre Seebäder, Ihre Turnübungen haben Sie mir diese fatale spießbürgerliche Gesundheit zugezogen, welche die poetischen Illusionen des Herrn von Aspremont verscheucht."

„Du quälst Herrn von Aspremont und treibst Deinen Spott mit mir", sagte der Commodore auf diese Weise zum Sprechen aufgefordert. Ganz gewiß aber ist eine Rindslende etwas sehr Gutes und der Canarienwein hat noch Niemanden etwas geschadet."

„Welche Enttäuschung, mein armer Paul! Eine Nixe, eine Elfe, eine Willi zu verlassen und etwas wiederzufinden, was die Aerzte und die Verwandten eine junge Person von kräftiger Gesundheit nennen! — Aber hören Sie mich wenigstens, da Sie nicht mehr den Muth haben, mich anzusehen, und schaudern Sie vor Entsetzen. Ich wiege jetzt sieben Unzen mehr als bei meiner Abreise aus England!"

„Acht Unzen!" unterbrach sie in stolzem Tone der Commodore, welcher Alicia pflegte und abwartete, wie nur die zärtlichste Mutter hätte thun können.

„Sind es auch genau acht Unzen? Schrecklicher Onkel, willst Du denn Herrn von Aspremont alle Illusion rauben?" sagte Alicia, indem sie eine spöttische Entmuthigung heuchelte.

Während die junge Engländerin ihren Geliebten durch diese Koketterien herausforderte, welche sie sich ohne ernste Beweggründe nicht einmal gegen ihren Verlobten erlaubt haben würde, heftete er, von seiner fixen Idee beherrscht und weil er Miß Ward nicht durch seinen verhängnißvollen

Blick schaden wollte, seine Augen auf die talismanischen Hörner, oder ließ sie in dem unermeßlichen blauen Raume umherirren, auf welche man von der Höhe dieser Terrasse die Aussicht hatte.

Er fragte sich, ob seine Pflicht nicht von ihm verlange, Alicia zu fliehen, selbst wenn man ihn für einen Menschen ohne Ehre und Treue halten sollte, und sein Leben auf irgend einer einsamen Insel zu beschließen, wo seine Jettatura in Ermangelung eines menschlichen Blickes, der sie absorbirte, endlich erlöschen müßte.

„Ich sehe", sagte Alicia in ihrem Scherze fortfahrend, „was Sie so düster und ernst macht. Der Tag unserer Vermählung ist auf heut über vier Wochen festgesetzt und Sie erbeben vor dem Gedanken, der Gatte eines armen Landmädchens zu werden, welches nicht die mindeste Eleganz besitzt. Ich gebe Ihnen Ihr Wort zurück. Sie können meine Freundin Miß Sarah Templeton heirathen, welche Pickles ißt und Weinessig trinkt, um recht mager zu bleiben."

Dieser Gedanke entlockte der Sprecherin selbst ein lautes Gelächter. Es war das silberne, helle Gelächter der Jugend. Der Commodore und Paul stimmten in diese Heiterkeit von ganzem Herzen mit ein.

Als der letzte Ausbruch ihrer Heiterkeit vorüber war, kam Alicia auf Aspremont zu, ergriff ihn bei der Hand, führte ihn an das an der Ecke der Terrasse stehende Piano und sagte, indem sie ein auf dem Pulte liegendes Notenheft aufschlug:

„Mein Freund, Sie sind heute nicht zum Plaudern aufgelegt, und Sie wissen, was nicht der Mühe verlohnt, gesprochen zu werden, singt man. Sie werden daher sich mit bei diesem kleinen Duett betheiligen, dessen Begleitung durchaus nicht schwer ist. Sie besteht fast nur aus gebrochenen Accorden."

Paul nahm Platz auf dem Sessel und Miß Alicia stellte sich neben ihn, so daß sie die Singstimme aus der Partitur ablesen konnte.

Der Commodore lehnte den Kopf zurück, streckte die Beine aus und nahm im Voraus eine Haltung stiller Wonne an, denn er spielte gern den Dilettanten und versicherte, daß er die Musik leidenschaftlich verehre. Schon beim sechsten Takte aber schlief er den Schlaf der Gerechten, einen Schlaf, den er trotz des Spottes seiner Nichte hart= näckig eine „Ekstase" nannte, obschon es ihm zuweilen be= gegnete, daß er schnarchte, was doch ganz gewiß ein eben nicht sehr ekstatisches Symptom ist.

Das Duett war eine leichte muntere Melodie in dem Geschmacke Cimarosa's zu einem Text von Metastasio und wir können es nicht besser beschreiben als wenn wir es mit einem Schmetterling vergleichen, welcher in einem Son= nenstrahle hin= und herflattert.

Die Musik besitzt die Macht, die bösen Geister zu ban= nen. Nach wenigen Takten schon dachte Paul nicht mehr an die beschwörend ausgestreckten Finger, an die magischen Hörner, an die Korallenamulete. Er hatte die furchtbare Schartete des Signor Valetta und alle Träumereien der Jettatura vergessen. Seine Seele stieg mit Alicia's Stimme heiter in die reine leuchtende Luft empor.

Die Heimchen schwiegen wie um zu horchen und das Rauschen des steigenden Meeres trug die Töne mit den Kelchen der am Rande der Terrasse aus den Vasen gefal= lenen Blumen hinweg.

„Mein Onkel schläft wie die Siebenschläfer in ihrer Höhle. Wenn er nicht ein so großer Gewohnheitsmensch wäre, so hätte unsere Virtuoseneitelkeit vollen Grund, sich dadurch beleidigt zu fühlen", sagte Alicia, indem sie das Notenheft zumachte. „Wollen Sie vielleicht, während er ruht, einen Spaziergang durch den Garten mit mir machen, Paul? Ich habe Ihnen noch gar nicht mein Paradies gezeigt."

Und sie nahm einen großen florentinischen Strohhut von einem der in eine der Säulen eingeschlagenen Nägel, an welchen er mittelst der Bänder aufgehängt war.

Alicia bekannte sich in Bezug auf Gartenwesen zu den

seltsamsten Grundsätzen. Sie wollte nicht, daß man die Blumen pflückte oder die Zweige beschnitte. Das, was sie in dieser Villa bezaubert hatte, war eben, wie wir schon gesagt haben, der verwilderte Zustand des Gartens gewesen.

Die beiden jungen Leute bahnten sich einen Weg durch das dichte Gebüsch, welches sich sofort und dicht hinter ihnen wieder schloß. Alicia ging voran und lachte, wenn sie sah, wie Paul hinter ihr die Schläge der dünnen Aeste aushalten mußte, welche von ihr auf die Seite gebogen und dann wieder fahren gelassen wurden.

Kaum hatte sie etwa zwanzig Schritte gethan als die grüne Hand eines Zweiges, wie um eine vegetabilische Schelmerei auszuüben, ihren Strohhut ergriff, festhielt und so hoch hob, daß Paul ihn nicht wieder herabholen konnte.

Zum Glück war das Laub sehr dicht und die Sonne warf kaum noch einige Goldzechinen durch die Zwischenräume der Blätter auf den Sand.

„Das da ist mein Lieblingsort", sagte Alicia, indem sie Paul einen malerischen Felsblock zeigte, welcher ein Dickicht von Orangen, Cedern und Myrthen schützte.

Sie setzte sich in eine in Form eines Sitzes ausgehöhlte Ecke und forderte Paul durch eine Geberde auf, vor ihr auf das dichte trockene Moos niederzuknien, welches den Fuß des Felsens überkleidete.

„Legen Sie jetzt ihre Hände in die meinigen und sehen Sie mir ins Gesicht. In einem Monat werde ich Ihr Weib sein. Warum meiden Ihre Augen die meinigen?"

In der That wendete Paul, in welchem seine Jettatura-Gedanken wieder erwacht waren, seinen Blick hinweg.

„Fürchten Sie, darin einen unrechten oder strafbaren Gedanken zu lesen? Sie wissen, daß meine Seele Ihnen seit dem Tage gehört, wo Sie meinem Onkel Ihren Empfehlungsbrief in unserm kleinen Zimmer zu Richmond überreichten. Ich gehöre zu dem Volke jener zärtlichen, romantischen und stolzen Engländerinnen, welche in einer Minute eine Liebe fassen, welche das ganze Leben dauert; — länger als das Leben vielleicht, und wer zu lieben weiß, der weiß auch zu sterben. Tauchen Sie Ihre Blicke in die meinigen — ich will es. Versuchen Sie nicht, Ihre Augen niederzuschlagen, wenden Sie sie nicht ab, sonst werde ich glauben, daß ein Mann von Verstand und Erziehung, der nur Gott fürchten soll, sich durch einen elenden Aberglauben schrecken läßt. Heften Sie auf mich dieses Auge, welches Sie für so schrecklich halten und welches mir so süß ist, denn ich sehe darin Ihre Liebe, und beurtheilen Sie, ob Sie mich noch hübsch genug finden, um, wenn wir vermählt sein werden, mit mir im Hyde-Park im offenen Wagen spazieren zu fahren."

Schwindelnd vor Wonne haftete Paul einen langen Blick voll Leidenschaft und Enthusiasmus auf Alicia.

Plötzlich ward Alicia bleich. Ein heftiger Schmerz durchzuckte ihr Herz, wie die Spitze eines Pfeils. Es war ihr, als wenn eine Faser in ihrer Brust risse und sie hielt sich rasch ihr Tuch an die Lippen.

Ein rother Tropfen färbte den feinen Batist, welchen Alicia mit rascher Geberde wieder zusammenfaltete.

„O Dank, Dank, Paul! Sie haben mich sehr glücklich gemacht, denn ich glaubte schon, Sie liebten mich nicht mehr."

X.

Die Bewegung, welche Alicia machte, um ihr Taschentuch zu verbergen, hatte nicht so schnell geschehen können, daß Paul von Aspremont sie nicht bemerkt hätte. Eine entsetzliche Blässe überzog seine Züge, denn es war ihm soeben ein unwiderleglicher Beweis seiner verderblichen Macht gegeben worden und die unheimlichsten Ideen durchzuckten sein Gehirn.

Selbſtmordgedanken drängten ſich ihm auf. War es nicht ſeine Pflicht, die unfreiwillige Urſache ſo vielen Unglücks als ein unheilbringendes Weſen zu beſeitigen und zu vernichten? Er für ſeine Perſon hätte die härteſten Prüfungen auf ſich genommen und die Laſt des Lebens muthig getragen, aber Dem, was er auf Erden am meiſten liebte, den Tod zu geben, war das nicht zu entſetzlich?

Das heldenmüthige Mädchen hatte das Gefühl von Schmerz, die Folge von Pauls Blick und welche mit den Rathſchlägen des Grafen von Altavilla ſo ſeltſam zuſammentraf, zu beherrſchen gewußt. Ein weniger feſter Geiſt wäre durch dieſes, wenn auch nicht übernatürliche, doch wenigſtens ſchwer zu erklärende Ergebniß betroffen gemacht worden; aber wir haben es ſchon geſagt, Alicia's Gemüth war religiös und nicht abergläubiſch.

Ihr unerſchütterlicher Glaube an das, was man glauben muß, verwarf alle jene Geſchichten von geheimnißvollen Einflüſſen als Ammenmärchen und verlachte ſelbſt die eingewurzeltſten Vorurtheile.

Hätte ſie aber auch die Jettatura als etwas wirkliches betrachtet, hätte ſie von derſelben auch bei Paul die ſicherſten Anzeichen erkannt, ſo würde doch ihr zärtliches und ſtolzes Herz keinen Augenblick unſchlüſſig geweſen ſein.

Paul hatte nichts begangen, woran auch das empfindlichſte Zartgefühl etwas auszuſetzen gefunden hätte, und Miß Warb wäre lieber todt unter dieſem angeblich ſo verberblichem Blick niedergeſunken als vor einer Liebe zurückgetreten, die von ihr mit Zuſtimmung ihres Onkels angenommen worden und nun bald durch die Hochzeit gekrönt werden ſollte.

Miß Alicia Warb glich ein wenig jenen keuſchmuthigen, jungfräulich entſchloſſenen Heldinnen Shakſpeare's, deren plötzliche Liebe deswegen nicht weniger rein und treu iſt und die eine einzige Minute auf immer bindet. Ihre Hand hatte die Paul's gedrückt und kein anderer Mann auf Erde ſollte ſie mehr in ſeine Finger ſchließen. Sie betrachtete ihr Leben als gefeſſelt und ihre Schamhaftigkeit würde sich empört haben bei dem Gedanken an ein anderes Eheband.

Sie zeigte daher eine wirkliche oder so gut gespielte Heiterkeit, daß sie selbst den geübtesten Beobachter getäuscht haben würde, und indem sie Paul, der immer noch vor ihr auf den Knien lag, aufhob, führte sie ihn durch die von Blumen und Pflanzen überwucherten Gänge ihres verwilderten Gartens bis an eine Stelle, wo die ein wenig dünner werdende Vegetation das Meer wie einen blauen Traum des Unendlichen sehen ließ.

Dieser leuchtende, heiter ruhige Anblick zerstreute Paul's düstere Gedanken. Alicia stützte sich auf seinen Arm mit vertraulicher Hingebung als ob sie schon seine Gattin wäre.

Durch diese reine und stumme Liebkosung, die von Seiten jeder Andern bedeutungslos gewesen wäre, von der ihrigen aber entscheidend war, gab sie sich ihm noch bestimmter, beruhigte ihn über seine Befürchtungen und machte ihm begreiflich, wie wenig sie die Gefahren berührten, mit welchen man sie bedrohete.

Obschon sie zuerst Vice, dann ihrem Onkel Schweigen geboten und obschon der Graf von Altavilla Niemanden genannt, sondern ihr nur empfohlen hatte, sich vor einer schlimmen Einwirkung zu hüten, so hatte sie doch sofort begriffen, daß es sich um Paul von Aspremont handelte.

Die dunkeln Reden des schönen Neapolitaners konnten nur auf den jungen Franzosen anspielen. Auch hatte sie gesehen, das Paul in Folge des in Neapel so verbreiteten Vorurtheils, welches aus jedem Menschen von etwas eigenthümlicher Physiognomie einen Jettatore macht, in Folge einer Verstandesschwäche, sich wirklich mit dem Fascino behaftet glaubte und seine liebeerfüllten Augen von ihr abwendete, weil er fürchtete, ihr durch einen Blick zu schaden.

Um diesen Beginn einer fixen Idee zu bekämpfen, hatte sie den so eben von uns beschriebenen Auftritt herbeigeführt, dessen Ergebniß aber ihrer Absicht durchaus

nicht entsprach, denn Paul war dadurch in seiner verhäng=
nißvollen Monomanie mehr als je bestärkt.

Die beiden Liebenden begaben sich wieder zurück auf
die Terrasse, wo der Commodore in Folge der Einwirkung,
welche die Musik auf ihn geäußert, noch ganz melodisch in
seinem Bambussessel schlief.

Paul nahm Abschied und Miß Warb sendete ihm, die
neapolitanische Abschiedsgeberde nachahmend, von ihren
Fingerspitzen einen unsichtbaren Kuß nach, indem sie in
sanft schmeichelndem Tone sagte: „Morgen sehen wir uns
wieder, nicht wahr, Paul?"

Alicia's Schönheit war in diesem Augenblick eine strah=
lende, beunruhigende, beinahe übernatürliche, so daß sie
selbst ihrem Onkel auffiel, der durch Paul's Weggang plötz=
lich aus seinem Schlafe aufgewacht ward.

Das Weiße ihrer Augen glich mattem Silber und ließ
ihre Sterne funkeln wie die am nächtlichen Himmel. Ihre
Wangen waren von einer Rosenfarbe überhaucht wie sie
noch nie ein Maler auf seiner Palette gemischt. Ihre
durchsichtigen Schläfe zeigten ein Netz von feinen blauen
Fäden, ihre ganze Haut schien zu strahlen. Es war, als
wenn ihre Seele hindurchleuchtete.

„Wie schön Du heute bist, Alicia!" sagte der Com=
modore.

„Du verwöhnst mich, lieber Onkel, und wenn ich nicht
das hochmüthigste kleine Mädchen in allen drei König=
reichen bin, so ist es nicht deine Schuld. Zum Glück
glaube ich nicht an Schmeicheleien, nicht einmal an un=
eigennützige."

„Schön, gefährlich schön," fuhr der Commodore bei sich
selbst fort. „Sie erinnert mich Zug für Zug an ihre
Mutter, die arme Nancy, die kaum neunzehn Jahr alt
starb. Solche Engel können nicht auf Erden bleiben. Es
ist als ob ein Hauch sie höbe und als ob unsichtbare
Flügel an ihren Schultern zitterten. Diese Wesen sind zu
weiß, zu rosenfarben, zu rein, zu vollkommen. Es mangelt

diesen ätherischen Körpern das rothe grobe Blut des Lebens. Gott, der sie der Welt auf einige Tage leiht, beeilt sich, sie wieder zu sich zu nehmen. Dieser überschwengliche Glanz betrübt mich wie ein Lebewohl."

„Nun, lieber Onkel, da ich so hübsch bin," hob Miß Warb, welche die Stirn des Commodore sich umdüstern sah, wieder an, „so ist wohl der rechte Augenblick da, mich zu vermählen. Der Schleier und der Kranz werden mir gut stehen."

„Dich zu vermählen! Hast Du denn so große Eile, Deine alte Rothhaut von Onkel zu verlassen, Alicia?"

„Verlassen werde ich Dich deswegen nicht. Haben wir nicht mit Herrn von Aspermont verabredet, daß mir beisammen wohnen? Du weißt ja, daß ich nicht ohne Dich leben kann."

„Mit Herrn von Aspremont! Mit Herrn von Aspremont! — Die Hochzeit ist noch nicht gefeiert."

„Aber hat er nicht Dein Wort — und auch das meine? — Sir Josua Warb hat das seine niemals gebrochen."

„Allerdings hat er mein Wort, das läßt sich nicht bestreiten," antwortete der Commodore augenscheinlich verlegen.

„Ist die Zeit von sechs Monaten, welche Du festgesetzt hattest, nicht abgelaufen — schon seit einigen Tagen?" — sagte Alicia, deren schamhafte Wangen noch höher erröhteten, denn dieses, bei dem Punkte, auf welchem jetzt die Dinge angelangt waren, nothwendige Gespräch beleidigte ihr Zartgefühl.

„Ah, Du hast also die Monate gezählt, Kleine! Traue doch einer diesen unschuldigen Mienen!"

„Ich liebe Herrn von Aspremont," antwortete Alicia ernst.

„Das ist es eben!" sagte Sir Josua Warb, welchem, ganz durchdrungen von den Ideen Vice's und Altavilla's, durchaus nichts daran lag, einen Jettatore zum Schwiegersohn zu haben. „Warum liebst Du nicht einen Andern!"

„Ich habe nicht zwei Herzen," sagte Alicia. „Ich werde auch nur ein e Liebe haben, sollte ich auch wie meine Mutter mit neunzehn Jahren sterben —"

„Sterben! Sprich nicht dieses häßliche Wort, ich bitte Dich!" rief der Commodore.

„Hast Du an Herrn von Aspremont etwas auszusetzen?"

„Nein, durchaus nichts."

„Oder kannst Du ihm etwas Unehrenhaftes nachsagen? Hat er sich ein einziges Mal feig, gemein, lügenhaft oder treulos gezeigt? Hat er jemals vor einem Manne zurückgewichen? Ist sein Wappenschild durch irgend einen geheimen Makel besudelt? braucht ein junges Mädchen, wenn es seinen Arm nimmt um in der Welt zu erscheinen, zu erröthen oder die Augen niederzuschlagen?"

„Paul von Aspremont ist ein vollkommener Gentleman — gegen seine Achtbarkeit ist nicht das Mindeste einzuwenden."

„Glaube mir, lieber Onkel, wenn ein solcher Beweggrund vorhanden wäre, so würde ich Herrn von Aspremont auf der Stelle entsagen und mich in ein unzugängliches Asyl vergraben, aber kein anderer Grund — hörst Du wohl? — kein anderer Grund soll mich bewegen, meinem heiligen Versprechen untreu zu werden," sagte Miß Alicia Ward in festem, aber sanftem Tone.

Der Commodore brehete die Daumen, wie er in der Regel zu thun pflegte, wenn er nicht wußte, was er antworten sollte.

„Warum zeigst Du Dich jetzt so kalt gegen Paul," fuhr Miß Ward fort. „Früher bewiesest Du ihm so viel Zuneigung. In unserm Landhause zu Lincolnshire war Dir seine Gesellschaft geradezu unentbehrlich geworden und Du sagtest, indem Du ihm fast die Hand zerdrücktest, er sei ein wackerer junger Mann, dem Du gern das Glück eines jungen Mädchen anvertrauen würdest."

„Ja, ganz gewiß, ich liebte ihn, diesen guten Paul," sagte der Commodore der durch diese rechtzeitig wachgeru=

fenen Erinnerungen gerührt ward; „was aber im Nebel Englands dunkel ist, wird in der Sonne von Neapel hell und klar —"

Was willst Du damit sagen?" rief mit bebender Stimme Alicia, die plötzlich ihre schöne lebhafte Farbe verlor und weiß ward wie eine Alabasterbildsäule auf einem Grabmal.

„Daß Dein Paul ein Jettatore ist."

„Wie! Du, mein Onkel, Du, Sir Joshua Ward, ein Edelmann, ein Christ, ein Unterthan der britischen Majestät, ein ehemaliger Officier der englischen Marine, ein aufgeklärtes civilisirtes Wesen, welches man über alle Dinge zu Rath ziehen könnte, Du, der Du Kenntnisse und Weisheit besitzest, der Du jeden Abend die Bibel und das Evangelium liesest, Du scheuest Dich nicht, Paul der Jettutura anzuklagen! O, das hätte ich nicht von Dir erwartet!"

„Meine liebe Alicia," antwortete der Commodore; „ich bin vielleicht Alles, was Du da sagst, wann es sich nicht am Dich handelt; wenn aber eine Gefahr, sei es auch nur eine eingebildete, Dir droht, dann werde ich abergläubischer als ein Bauer aus den Abruzzen, als ein Lazzaroni vom Molo, als ein Ostricajo von Chiaja oder sogar als ein neapolitanischer Graf. Mich kann Paul mit seinen Augen, deren Gesichtsstrahlen sich kreuzen, ansehen, so lange es ihm beliebt, — ich werde deswegen so ruhig bleiben wie vor der Spitze eines Degens oder der Mündung eines Pistols. An meiner von allen Klimaten der ganzen Erde gegerbten, gerötheten und durchwetterten Haut haftet der Fascino nicht. Nur in Bezug auf Dich, liebe Nichte, bin ich leichtgläubig, und ich gestehe, das ich allemal fühle, wie mir der kalte Schweiß auf die Stirn tritt, wenn der Blick dieses unglücklichen jungen Mannes sich auf Dich heftet. Er hat keine schlimmen Absichten, das weiß ich, und er liebt Dich mehr als sein Leben, aber es kommt mir vor, als ob unter diesem Einfluß Deine Züge sich veränderten, Deine Farbe schwände, und als ob Du Dich bemühtest, einen stechenden Schmerz zu verhehlen. Dann

packt mich allemal eine wüthende Lust, Deinem Herrn Paul von Aspremont mit den Spitzen der von Altavilla ge=
schenkten Stierhörner die Augen auszubohren."

„Armer guter Onkel," sagte Alicia, gerührt durch die hitzige Explosion des Commodore, „unser aller Leben steht in Gottes Hand. Es stirbt kein Fürst auf seinem Dau=
menbett und kein Sperling auf dem Dache unter seinem Ziegel, ohne daß sein Stündlein da oben geschrieben stünde. Der Fascino trägt nichts dazu bei und es ist eine Gott=
losigkeit, zu glauben, daß ein mehr oder weniger schielen=
der Blick irgendwelchen Einfluß darauf äußern könne. Wirklich, lieber Onkel," fuhr sie fort indem sie den ver=
traulichen Ton des Narren in „König Lear" annahm, „das, was Du so eben gesagt hast, ist nicht Dein Ernst. Deine Liebe zu mir trübt Deinen sonst so hellen Blick. Nicht wahr, Du wirst nicht wagen, Herrn Paul von Aspremont zu sagen, daß Du ihm die Hand seiner Nichte, welche Du erst selbst in die seine gelegt, wieder entziehest und daß Du ihn nicht zum Schwiegersohn willst — unter dem herr=
lichen Vorwande, er sei ein — Jettatore!"

„Bei Josua, meinem Schutzheiligen, der die Sonne stillstehen hieß," rief der Commodore, „ich werde mit die=
sen schönen Herrn Paul keine langen Umstände machen. Wenn es sich um Deine Gesundheit, ja vielleicht um Dein Leben handelt, dann ist es mir ganz gleich, ob man mich für lächerlich, für abgeschmackt, ja sogar für unredlich halte. Ich hatte mein Wort einem Menschen gegeben, aber keinem Zauberer. Ich habe versprochen, wohlan, ich breche mein Versprechen — das ist Alles. Wenn er es nicht leiden will, so bin ich bereit, ihm Genugthuung zu geben."

Und der erbitterte Commodore nahm eine Fechterstel=
lung an, ohne die mindeste Rücksicht auf die Gicht, welche ihm in den Fußzehen brannte.

„Sir Josua Ward, das werden Sie nicht thun," sagte Alicia mit ruhiger Würde.

Der Commodore sank ganz erschöpft und außer Athem in seinen Bambussessel und schwieg.

„Wohlan, lieber Onkel, selbst wenn diese abgeschmackte und alberne Beschuldigung wahr wäre, dürften wir dann wohl Herrn von Aspremont zurückweisen und ihm ein Unglück zum Verbrechen anrechnen? Hast Du nicht selbst zugestanden, daß das Uebel, welches er veranlassen könnte, nicht von seinem Willen abhänge, und daß es niemals ein liebenderes, edelmüthigeres und besseres Herz gegeben habe als das seine?"

„Vampyre aber heirathet man nicht, wie gut auch ihre Absichten sein mögen," antwortete der Commodore.

„Aber das ist ja alles Chimäre, Extravaganz und Aberglauben. Das einzig Wahre ist unglücklicherweise, daß Paul von diesen Thorheiten Kenntniß erlangt hat, daß er sie ernst nimmt. Er ist ganz außer sich darüber; er glaubt an seine verhängnißvolle Macht; er fürchtet sich vor sich selbst, und jeder kleine Unfall, auf den er früher nicht geachtet, von welchem er aber jetzt die Ursache zu sein glaubt, bestärkt ihn in dieser Ueberzeugung. Gebührt es nicht mir, die ich sein Weib vor Gott bin und es auch bald vor den Menschen sein werde — mit Deinem Segen, lieber Onkel, diese überreizte Phantasie zu beruhigen, diese eitlen Phantome zu bannen, durch meine anscheinende und wirkliche Ueberzeugung diese verzehrende Unruhe, die Schwester der Monomanie, zu beschwichtigen und mittelst des Glückes diese schöne, beunruhigte Seele, dieses liebenswürdige in Gefahr schwebende Gemüth zu retten?"

„Du hast allemal Recht, meine gute Alicia," sagte der Commodore, „und ich, den Du weise nennst, bin nichts als ein alter Narr. Ich glaube, diese Vice ist selbst eine Hexe. Sie hatte mir mit allen ihren Geschichten den Kopf verdreht. Was den Grafen Altavilla betrifft, so erscheinen mir seine Stierhörner und sein kabbalistisches Geschwätz gegenwärtig als geradezu lächerlich. Ohne Zweifel war es eine Kriegslist, die er sich ausgesonnen um Paul auszustechen und Dich selbst zu heirathen."

„O es ist möglich, daß der Graf von Altavilla wirklich

Alles selbst glaubt, was er sagt," entgegnete Miß Warb lächelnd. „Du warst ja soeben auch noch ganz seiner Meinung über die Jettatura."

„Mißbrauche Deinen Vortheil nicht, liebe Alicia. Uebrigens bin ich von meinem Irrthum noch nicht so vollständig zurückgekommen, daß ich nicht wieder darein verfallen könnte. Das Beste wäre, wenn wir Neapel mit dem ersten abgehenden Dampfboot verließen und in aller Ruhe nach England zurückkehrten. Wenn Paul die Stierhörner, die Hirschgeweihe, die ausgestreckten Finger, die Korallenamulette und alle diese teuflischen Apparate nicht mehr sieht, wird seine Einbildungskraft sich beruhigen und ich selbst werde das dumme Zeug vergessen, welches mich beinahe bewogen hätte, mein Wort zu brechen und eine, eines Ehrenmannes unwürdige Handlung zu begehen. — Du wirst Paul heirathen, weil es einmal so bestimmt ist. Du wirst mir in dem Hause zu Richmond die beiden Parterrezimmer und in dem Schlosse zu Lincolnshire das achteckige Thürmchen reserviren und wir werden glücklich bei einander leben. Wenn Deine Gesundheit ein wärmeres Klima verlangt, so mietheten wir ein Landhaus in der Umgebung von Tours, oder noch besser in Cannes, wo Lord Brougham ein schönes Besitzthum hat und wo dieser verdammliche Aberglauben mit der Jettatura Gott sei Dank unbekannt ist. — Was sagst Du zu meinem Plan, Alicia?"

„Du bedarfst nicht erst meiner Zustimmung, lieber Onkel; bin ich nicht die gehorsamste aller Nichten?"

„Ja, wenn ich thue, was Du willst, kleiner Schelm", sagte lächelnd der Commodore und erhob sich, um sich auf sein Zimmer zu begeben.

Alicia blieb noch einige Minuten auf der Terrasse; sei es nun aber, daß dieser Auftritt eine fieberhafte Aufregung in ihr hervorgerufen, sei es, daß Paul auf das junge Mädchen wirklich den Einfluß ausübte, welchen der Commodore fürchtete — kurz, der laue Wind machte ihr, indem er ihr über die mit einfacher Gaze bedeckten Schultern hinstrich, einen förmlich eisigen Eindruck und am

Abend, als sie sich unwohl fühlte, bat sie Vice, ihr auf ihre Füße, die kalt und weiß waren, wie Marmor, eine jener bunten Decken zu legen, die man in Venedig fertigt.

Mittlerweile funkelten die Leuchtkäfer im Grase, die Grillen zirpten und der große gelbe Mond stieg in heißem Dunstnebel am Himmel empor.

XI.

Am Morgen nach jenem Auftritt berührte Alicia, die durchaus keine gute Nacht gehabt, mit ihren Lippen kaum den heißen Trank, den Vice ihr jeden Morgen brachte, und setzte ihn mit matter Hand auf den kleinen Tisch neben ihrem Bett.

Sie fühlte nicht gerade Schmerz, aber gänzliche Erschöpfung. Es war mehr eine Schwierigkeit, zu leben, als eine Krankheit, und sie wäre in Verlegenheit gekommen, wenn sie einem Arzte genaue Auskunft über die Symptome ihres Zustandes hätte geben sollen.

Sie ließ sich von Vice einen Spiegel bringen, denn ein junges Mädchen beunruhigt sich mehr über die Aenderung, welche das Leiden in ihrer Schönheit herbeiführen kann, als über das Leiden selbst.

Sie war außerordentlich bleich. Nur zwei kleine Flecken schwammen, wie zwei in einen Becher Milch gefallene Rosenblätter, auf dieser bleichen Fläche.

Ihre Augen strahlten von ungewohntem, durch die letzten Flammen des Fiebers entzündetem Glanz, die Kirsche ihrer Lippen war aber weit weniger lebhaft und sie biß sich mit ihren kleinen Perlmutterzähnen darauf, um die Farbe wieder hineinzurufen.

Sie erhob sich, warf einen Hausrock von weißem Kaschemir über, wickelte sich einen Gazeschleier um den Kopf — denn trotz der Hitze, welche die Grillen zirpen machte, war sie noch ein wenig frostig — und begab sich zur gewohnten Stunde auf die Terrasse, um nicht die stets auf der Lauer liegende Besorgniß des Commodore zu erwecken.

Sie kostete ein wenig von dem Frühstück, obschon sie keinen Hunger hatte, denn das mindeste Anzeichen von Unwohlsein wäre von Sir Josua Warb sicherlich dem Einflusse Pauls beigemessen worden, und dies wollte Alicia vor allen Dingen vermeiden.

Dann, unter dem Vorwande, daß das grelle Tageslicht sie ermüde, zog sie sich auf ihr Zimmer zurück, nicht ohne dem in dergleichen Dingen so überaus argwöhnischen Commodore zu wiederholten Malen versichert zu haben, daß sie sich zum Entzücken wohl befände.

„Zum Entzücken — das möchte ich doch bezweifeln," sagte der Commodore bei sich selbst, als seine Nichte sich entfernt hatte. — „Sie sah sehr trüb um die Augen herum und oben auf ihren Wangen zeigten sich hellrothe Flecken — gerade wie bei ihrer armen Mutter, welche auch behauptete, sich niemals besser befunden zu haben. — Was soll ich thun? Ihr Paul nehmen, hieße ihr auf andere Weise das Leben nehmen; lassen wir daher die Natur walten. Alicia ist noch so jung! Ja, aber gerade auf die Jüngsten und Schönsten hat die alte Mab, die böse Feenkönigin, es zuerst abgesehen; sie ist eifersüchtig wie ein Weib. Wie, wenn ich nun einen Arzt kommen ließe? Aber welche Einwirkung können irdische Heilmittel auf einen Engel äußern? Dennoch waren bis vor Kurzem alle beunruhigenden Symptome verschwunden. Ha, wenn Du es wärest, verwünschter Paul, dessen Hauch diese göttliche Blume niederbeugt, ich erwürgte Dich mit meinen eigenen Händen. Nancy hatte nicht den Blick eines Jettatore zu ertragen und doch starb sie! — Wenn Alicia stürbe! Nein, das ist nicht möglich. Ich habe Gott nichts zu Leibe gethan, daß er mir diesen gräßlichen Schmerz beschieden haben sollte. Wenn dies geschieht, schlafe ich schon längst unter meinem Stein mit der Inschrift ‚Sacred to the

memory of Sir Joshua Ward' im Schatten des Glocken=
thurmes meines Geburtsdorfes. Sie wird auf dem grauen
Steine weinen und für den alten Commodore beten. —
Ich weiß nicht, wie mir ist, aber ich bin diesen Morgen
ganz verteufelt mißgestimmt und schwermüthig!"

Um diese schwarzen Gedanken zu zerstreuen, goß der
Commodore ein wenig Jamaika=Rum zu dem kaltgewor=
denen Thee in seiner Tasse und ließ sich seine Hukahpfeife
bringen — ein unschuldiges Vergnügen, welches er sich
aber nur in Alicia's Abwesenheit gestattete, weil er fürch=
tete, ihrer zarten Brust selbst durch diesen leichten, mit
Parfüm gemischten Rauch zu schaden.

Schon hatte er das aromatische Wasser des Behälters
zum Sieden gebracht und einige bläuliche Wolken vor sich
hingeblasen, als Vice erschien und den Grafen Altavilla
anmeldete.

„Sir Josua," sagte der Graf nach den ersten Höflich=
keitsbezeugungen, „haben Sie sich den Antrag überlegt, den
ich Ihnen kürzlich machte?"

„Ich habe mir ihn überlegt," entgegnete der Commo=
dore, „aber Sie wissen, Herr Paul von Aspremont hat
mein Wort."

„Allerdings, aber überall giebt es Fälle, wo ein gege=
benes Wort zurückgenommen wird, zum Beispiel, wenn der
Mann, dem man es gegeben, aus einem oder dem andern
Grunde, nicht das ist, wofür man ihn anfangs gehalten."

„Sprechen Sie deutlicher, Graf."

„Es widerstrebt mir, Beschuldigungen gegen einen
Nebenbuhler auszusprechen, aber nach der Unterredung, die
wir miteinander gehabt, müssen Sie mich verstehen. Wenn
Sie Herrn von Aspremont zurückwiesen, würden Sie mich
dann zu Ihrem Schwiegersohn annehmen?"

„Ich, ganz gewiß, aber es ist nicht so gewiß, ob Miß
Ward mit diesem Tausch einverstanden wäre. — Sie ist
ganz vernarrt in diesen Paul und es ist dies ein wenig
meine eigene Schuld, denn ich selbst begünstigte den jungen
Mann, ehe diese einfältigen Geschichten auf die Tages=

ordnung kamen. — Verzeihen Sie mir diesen Ausdruck, Graf, aber ich weiß fürwahr nicht, wo mir der Kopf steht."

"Wollen Sie, daß Ihre Nichte sterbe?" sagte Altavilla in bewegtem, ernstem Tone.

"Blut und Tod! Meine Nichte sollte sterben!" rief der Commodore, indem er von seinem Sessel aufsprang und das Maroquinrohr seiner Hukah von sich schleuderte." Wenn man bei Sir Josua Ward diese Saite berührte, so vibrirte sie allemal.

"Ist meine Nichte denn gefährlich krank?"

"Beunruhigen Sie sich nicht so schnell, Mylord; Miß Alicia kann leben und sogar noch sehr lange."

"Das laß ich mir eher gefallen! Sie hatten mich nicht wenig erschreckt."

"Aber unter einer Bedingung," fuhr der Graf Altavilla fort, "nämlich der, daß sie Herrn Paul von Aspremont nicht mehr sieht."

"Ha, da kommt die Jettatura wieder obenauf! Unglücklicherweise glaubt Miß Ward nicht daran."

"Hören Sie mich an," sagte der Graf Altavilla gelassen und ruhig. "Als ich Miß Alicia zum ersten Mal auf dem Ball bei dem Fürsten von Syrakus begegnete und für' sie eine ebenso ehrerbietige als feurige Leidenschaft faßte, ward ich von der strahlenden Gesundheit, von der Lebenslust und der blühenden Frische betroffen, welche ihre ganze Erscheinung charakterisirten und verherrlichten. Ihre Schönheit ward davon gleichsam verklärt und schwamm in einer Atmosphäre von Wohlbefinden. — Dieses Phosphoresciren ließ sie erglänzen wie ein Stern; sie verdunkelte Engländerinnen, Russinnen, Italienerinnen, und ich sah nur noch sie. — Mit der britischen Distinction verschmolz sie die reine, kräftige Anmuth der antiken Göttinnen. Entschuldigen Sie diese mythologischen Vergleiche bei dem Nachkommen einer griechischen Kolonie."

"Ja, das ist wahr — sie war süperb! Miß Edwina O'Herty, Lady Eleonor Lilly, Miß Jane Strangford, die Fürstin Feodorowna Bariatinska, hätten sich beinahe darüber

die Gelbſucht an den Hals geärgert," ſagte der Commo=
bore ganz entzückt."

„Und bemerken Sie nicht, daß jetzt ihre Schönheit
etwas Schmachtendes und Träges hat, daß ihre Züge
krankhaft abmagern, daß die Adern ihrer Hände blauer
hervortreten, als es eigentlich geſchehen ſollte, daß ihre
Stimme gewiſſe Harmonikatöne von beunruhigendem Klange
und einem ſchmerzlichen Zauber hören läßt? Das irdiſche
Element tritt in den Hintergrund und läßt das himm=
liſche vorherrſchen. Miß Alicia erlangt allmälig eine äthe=
riſche Vollkommenheit, die ich — ſelbſt auf die Gefahr
hin, von Ihnen für proſaiſch und materiell gehalten zu
werden — an den Töchtern dieſer Erde nicht zu ſehen
liebe."

Was der Graf ſagte, entſprach den geheimen Gedanken
des Commodore ſo vollkommen, daß dieſer einige Minuten
lang ſchwieg und in tiefes Träumen zu verſinken ſchien.

„Das iſt alles wahr und obſchon ich mich zuweilen
ſelbſt zu täuſchen ſuche, ſo kann ich es doch nicht in Ab=
rede ſtellen," ſagte er endlich.

„Ich bin noch nicht fertig," fuhr der Graf fort. „Hatte
Miß Alicia's Geſundheit auch ſchon vor der Ankunft des
Herrn von Aspremont in England Anlaß zu Beſorgniſſen
gegeben?"

„Niemals; ſie war das friſcheſte und lachendſte Kind
aller drei Königreiche."

„Dann ſehen Sie, daß die Nähe des Herrn von As=
premont mit den krankhaften Perioden zuſammentrifft,
welche Miß Ward's koſtbare Geſundheit untergraben. Von
Ihnen, dem Manne des Nordens, verlange ich nicht, daß
er einem Glauben, einem Vorurtheil, einem Aberglauben,
wenn Sie wollen, unſerer ſüdlichen Länder unbedingt hul=
bigen ſolle, aber bennoch werden Sie zugeben, daß dieſe
Thatſachen ſonderbar ſind und auffällig und Ihre ganze
Aufmerkſamkeit verdienen."

„Aber kann benn Alicia nicht auf ganz natürliche Weiſe
krank ſein?" fragte der Commodore durch die verfänglichen

Folgerungen Altavilla's wankend gemacht, obschon er noch eine gewisse englische Scham empfand, den neapolitanischen Volksglauben zu dem seinigen zu machen."

„Miß Ward ist nicht krank," entgegnete der Graf. „Sie unterliegt vielmehr einer Art Vergiftung durch den Blick und wenn Herr von Aspremont auch nicht geradezu ein Jettatore ist, so ist er doch wenigstens verderblich."

„Aber was kann ich thun? Sie liebt Paul, sie spottet über die Jettatura und behauptet, man könne einem Manne von Ehre nicht einen solchen Grund angeben, um ihn ab= zuweisen."

„Ich habe nicht das Recht, mich mit Ihrer Nichte zu beschäftigen — ich bin weder ihr Bruder, noch ihr Vater, noch ihr Bräutigam; wenn ich aber Ihre Zustimmung er= hielte, so würde ich vielleicht einen Versuch machen, um sie diesem verderblichen Einflusse zu entreißen. O, fürchten Sie nichts; ich werde keinen Extravaganz begehen; obschon jung, weiß ich doch, daß man den Ruf einer jungen Dame schonen muß und keinen Lärm darüber machen darf; — nur erlauben Sie mir über meinen Plan Schweigen zu bewahren. Trauen Sie meiner Redlichkeit zu, daß dabei von nichts die Rede ist, was das zarteste Ehrgefühl ver= letzen könnte."

„Denn lieben Sie meine Nichte wohl sehr?" fragte der Commodore."

„Ja, denn ich liebe sie ohne Hoffnung; doch wie ge= sagt, geben Sie mir freie Hand."

„Sie sind ein furchtbarer Mensch, Graf Altavilla. Wohl= an, versuchen Sie Alicia nach Ihrer Weise zu retten — ich werde es nicht übel, sondern im Gegentheil sehr gut aufnehmen."

Der Graf erhob sich, grüßte, stieg wieder in seinem Wagen und befahl dem Kutscher, ihn nach dem Hôtel de Rome zu fahren.

Paul war, die Ellbogen auf den Tisch und den Kopf in die Hände gestützt, in die schmerzlichsten Betrachtungen versunken. Er hatte die zwei oder drei rothen Tropfen auf Alicia's Taschentuch gesehen und machte sich, immer noch von seiner fixen Idee verblendet, Vorwürfe über seine mörderische Liebe. Er konnte es sich nicht verzeihen, daß er die Selbstaufopferung dieses schönen jungen Wesens geschehen ließ, welches entschlossen war, für ihn zu sterben, und fragte sich, durch welches übermenschliche Opfer er diese erhabene Selbstverleugnung bezahlen könnte."

Paddy, der gnomenartige Jockei, unterbrach diese Betrachtung, indem er die Karte des Grafen Altavilla brachte.

„Der Graf Altavilla! Was kann er von mir wollen?" rief Paul im höchsten Grade überrascht. „Laß ihn hereinkommen!"

Als der Neapolitaner auf der Schwelle erschien, hatte Paul sein Erstaunen schon durch jene Maske eisiger Gleichgültigkeit verdeckt, durch welche Leute von Welt ihre Eindrücke zu verbergen bemüht sind.

Mit kalter Höflichkeit bezeichnete er dem Grafen einen Sessel, nahm selbst Platz und wartete, schweigend die Augen auf Altavilla heftend.

„Mein Herr," begann der Graf mit den Breloquen seiner Uhr spielend, „das, was ich Ihnen zu sagen habe, ist so seltsam, so außergewöhnlich und so unangenehm, daß Sie das Recht hätten, mich zum Fenster hinauszuwerfen. — Ersparen Sie mir diese Brutalität, denn ich bin bereit Ihnen als Mann von Ehre Genugthuung zu geben."

„Ich höre, mein Herr, behalte mir aber vor, später von Ihrem Anerbieten Gebrauch zu machen, wenn Ihre Worte mir nicht zusagen," antwortete Paul ohne eine Miene zu zucken."

„Sie sind ein Jettatore!" sagte der Graf.

Bei diesen Worten überzog eine fahle Blässe mit einem Male Paul's Gesicht, ein rother Ring umschloß seine Augen, seine Brauen zogen sich zusammen, die Falte auf seiner Stirn bildete sich und aus seinen Augensternen sprüheten gleichsam schwefelige Blitze. Er erhob sich halb und zerkratzte mit krampfhaft zuckenden Fingern die Acajou=Armlehnen des Sessels.

Dieser Anblick war so furchtbar, daß Altavilla, so muthig er auch war, einen der an seiner Uhrkette hängenden gespaltenen kleinen Korallenzweige ergriff und die Spitzen unwillkürlich dem jungen Franzosen zukehrte.

Mit einem fast übermenschlichen Aufgebot von Willenskraft setzte Paul sich nieder und sagte:

„Sie hatten Recht, mein Herr. Dies ist in der That der Lohn, den eine solche Beleidigung verdienen würde, ich werde aber die Geduld haben, eine andere Sühne zu erwarten."

„Glauben Sie mir," fuhr der Graf fort, „daß ich nicht ohne die ernstesten Beweggründe einem Edelmann diese Beleidigung angethan habe, die nur mit Blut abgewaschen werden kann. Ich liebe Miß Alicia Ward."

„Was frage ich darnach?"

„Allerdings brauchen Sie sehr wenig darnach zu fragen, denn Sie werden geliebt; ich aber, Don Felipe Altavilla, verbiete Ihnen, Miß Alicia Ward wiederzusehen."

„Ich habe von Ihnen keine Befehle zu empfangen."

„Das weiß ich," antwortete der neapolitanische Graf, „auch hoffe ich nicht, daß Sie mir gehorchen."

„Worin besteht dann der Beweggrund, der Sie veranlaßt, so zu handeln?" fragte Paul.

„Ich habe die Ueberzeugung, daß der Fascino, womit Sie unglücklicher Weise begabt sind, einen verderblichen Einfluß auf Miß Alicia Ward äußert. Es ist das eine abgeschmackte Idee, ein des Mittelalters würdiges Vorurtheil, welches Ihnen ungeheuer lächerlich erscheinen muß — darüber werde ich mich mit Ihnen nicht streiten. Ihre Augen heften sich auf Miß Ward und schleudern ihr, ohne daß Sie es wollen, jenen verderblichen Blick zu, an dem sie sterben wird. Ich habe ein anderes Mittel, diesen traurigen Ausgang zu verhüten, als daß ich Zwist mit Ihnen suche. Lebten wir im sechszehnten Jahrhunderte, so ließe ich Sie durch einen meiner Bauern aus dem Gebirge todtschlagen, heutzutage aber ist so etwas, nicht mehr üblich. Ich hatte daran gedacht, Sie zu bitten, nach Frankreich zurückzukehren. Dies wäre aber zu naiv gewesen. Sie hätten einen Nebenbuhler verlacht, der Sie aufgefordert hätte, Ihrer Wege zu gehen und ihn bei Ihrer Braut allein zu lassen."

Während der Graf Altavilla sprach, fühlte Paul von Aspremont sich von einem geheimen Grauen gepreßt. Er, ein Christ, war sonach den Mächten der Hölle verfallen und der böse Engel schauete ihm aus den Augen heraus! Er streuete Unglück aus, seine Liebe war todtbringend! Einen Augenblick lang ging alles mit ihm im Kreise herum und der Wahnsinn schlug mit seinen schwarzen Fittigen die innern Wände seines Hirns.

„Graf, auf Ehre, glauben Sie, was Sie sagen?" rief Paul von Aspremont nach einem minutenlangen Hinbrüten, welches der Neapolitaner respektirte.

„Bei meiner Ehre, ich glaube es."

„O, dann wäre es also wahr," rief Paul mit halber Stimme. „Ich bin also ein Mörder, ein Dämon, ein Vampyr! Ich morde dieses himmlische Wesen, ich treibe diesen Greis zur Verzweiflung!"

Und er stand schon im Begriffe, den Grafen zu versprechen, Alicia nicht wiedersehen zu wollen; seine Selbstachtung aber und die Eifersucht, welche in seinem Herzen erwachte, fesselten seine Zunge.

„Graf," sagte er nach einer Pause, ich verheimliche Ihnen nicht, daß ich eben jetzt zu Miß Ward gehe."

„Ich werde Sie nicht beim Kragen nehmen, um Sie daran zu verhindern," sagte der Graf. „Sie haben mir soeben Thätlichkeiten erspart und ich bin Ihnen dankbar dafür. Dennoch aber wäre es mir angenehm, Sie morgen um sechs Uhr in den Ruinen von Pompeji zu treffen — vielleicht in dem Saal der Bäder; dort ist man sehr ungestört. Welche Waffen ziehen Sie vor? Sie sind der Beleidigte — Degen, Säbel oder Pistolen?"

„Wir werden uns auf Messer schlagen und mit verbundenen Augen, nur durch ein Schnupftuch getrennt, von welchem wir Jeder einen Zipfel halten. Wir müssen die

Chancen gleichmachen — ich bin Jettatore und brauchte, um Sie zu tödten, Sie ja blos anzusehen, Herr Graf."

Paul von Aspremont schlug, indem er dies sagte, ein gellendes Gelächter auf, stieß eine Thür auf und verschwand.

———

XII.

Alicia hatte sich in einem niedrigen Zimmer des Hauses eingerichtet, dessen Wände mit jenen Fresco-Landschaften geschmückt waren, welche in Italien die Stelle der Tapeten vertreten. Matten von Manilla-Stroh bedeckten den Fußboden. Ein Tisch, mit einem türkischen Teppich bedeckt und worauf die Werke der Dichter Coleridge, Schelley, Tennyson und Longfellow lagen, ein Spiegel mit antiken Rahmen und einige Rohrstühle bildeten das ganze Geräth. Chinesische, mit Pagoden, Felsen, Weiden, Kranichen, und Drachen bemalte, in die Oeffnungen eingepaßte und halb emporgeschlagene Binsenvorhänge ließen ein gedämpftes Licht hereinfallen. Ein mit Blüthen beladener Orangenzweig ragte vertraulich in das Zimmer herein und streckte sich wie eine Guirlande über Alicia's Haupt, indem er seinen duftenden Schnee auf sie herabschüttelte.

Alicia, die immer noch ein wenig leidend war, lag auf einem schmalen Sopha in der Nähe des Fensters. Zwei oder drei Saffiankissen machten es ihr möglich, halbaufgerichtet zu sitzen; die venetianische Decke umhüllte keusch ihre Füße. Auf diese Weise vorbereitet konnte sie Paul empfangen ohne die Gesetze der englischen Schamhaftigkeit zu verletzen.

Das angefangene Buch war aus der Hand der zerstreuten Alicia auf die Erde herabgeglitten. Ihre Augensterne schwammen unstät unter ihren langen Wimpern und schienen über die Welt hinaus in's Jenseits zu schauen.

Sie fühlte jene beinahe wollüstige Ermattung, welche auf Fieberanfälle folgt, und ihre ganze Beschäftigung bestand darin, daß sie die Orangeblüthen kauete, welche sie von ihrer Decke aufhob und deren bitterer Geschmack ihr zusagte. Giebt es nicht eine rosenkauende Venus von Schiavone? Welch ein anmuthiges Seitenstück zu dem Gemälde des alten Venetianers hätte ein moderner Künstler schaffen können, wenn er Alicia Orangeblüthen kauend dargestellt hätte!

Sie dachte an Paul von Aspremont und fragte sich, ob sie es wirklich erleben würde, sein Weib zu werden. Nicht als ob sie dem Einfluß der Jettatura Glauben beigemessen hätte, wohl aber fühlte sie sich wider Willen von düstern Ahnungen ergriffen. Die vergangene Nacht erst hatte sie einen Traum gehabt, dessen Eindruck sich selbst beim Erwachen nicht zerstreut hatte.

In ihrem Traume lag sie auf ihrem Sopha, aber wachend, und hielt ihre Augen auf die Thür ihres Zimmers geheftet, im Vorgefühl, daß irgend Jemand erscheinen werde.

Nach zwei oder drei Minuten gespannter Erwartung gewahrte sie auf dem dunkeln Hintergrunde, welchen der Rahmen des Thürgewandes einfaßte, eine schlanke weiße Gestalt, welche, anfangs durchsichtig und wie ein leichter Nebel die hinter ihr befindlichen Gegenstände wahrnehmen lassend, allmälig, so wie sie sich dem Bette näherte, immer mehr und mehr Consistenz gewann.

Der Schatten war mit einem Musselingewande bekleidet, dessen Falten auf der Erde schleppten. Lange, halb aufgelöste, schwarze Locken hingen an ihrem bleichen Antlitz herab, welches auf den Backenknochen zwei kleine rosenfarbene Flecken trug.

Das Fleisch des Halses und der Brust war so weiß, daß es mit dem Gewand verschwamm und man nicht hätte sagen können, wo die Haut aufhörte und der Stoff anfing.

Ein fast unbemerkbares venetianisches Halsband um=
schloß den schlanken Hals mit einer schmalen Goldlinie.
Die feingeformte blaugeäderte Hand hielt eine Blume —
eine Theerose — deren Blätter sich ablösten und zur Erde
fielen wie Thränen.

Alicia kannte ihre Mutter nicht, die ein Jahr, nach=
dem sie zur Welt geboren, gestorben war, aber oft hatte
sie sich in die Betrachtung eines Miniaturportraits versenkt,
dessen beinahe verwischte, dem gelben Elfenbeinton zeigende
Farben mehr an das Bildniß eines Schatten erinnerten
als an das einer Lebenden, und sie begriff, daß diese Frau,
welche auf diese Weise in das Zimmer trat, Nancy Ward,
ihre Mutter war.

Das weiße Gewand, das Halsband, die Blume in der
Hand, das schwarze Haar, die rosafarben marmorirten
Wangen, nichts fehlte, — es war wirklich das vergrößerte
entwickelte Miniaturbild, welches sich mit der ganzen Wirk=
lichkeit des Traumes bewegte.

Alicia's Herz schlug von einer mit Furcht gemischten
Zärtlichkeit. Sie wollte dem Schatten ihre Arme entgegen
breiten, diese Arme aber waren schwer' wie Marmor und
nicht im Stande, sich von dem Lager empor zu heben,
auf welchem sie ruheten. Sie versuchte zu sprechen, aber
ihre Zunge stammelte nur verworrene Silben.

Nancy kniete, nachdem sie die Theerose auf das Tisch=
chen gelegt, neben dem Bett nieder und legte ihren Kopf
an Alicia's Brust, indem sie auf das Athmen der Lungen
hörte und die Schläge des Herzens zählte. Die kalte
Wange des Schattens verursachte der über diese stumme
Untersuchung erschrockenen Alicia ein Gefühl als wenn sie
von einem Klumpen Eis berührt würde.

Die Erscheinung richtete sich wieder empor, warf einen
schmerzlichen Blick auf das junge Mädchen, zählte die
Blätter der Rose, von welchem inzwischen noch einige ab=
gefallen waren, und sagte:

„Es ist nur noch eins übrig."

Dann hatte der Schlaf seinen schwarzen Schleier zwischen den Schatten und die Schläferin fallen lassen und alles war in Nacht verschwunden.

War wirklich der Geist ihrer Mutter dagewesen, um sie zu benachrichtigen und zu holen? Was bedeuteten jene geheimnißvollen dem Munde des Schattens entfallenen Worte: „Es ist nur noch eins übrig?"

War diese bleiche entblätterte Rose das Symbol ihres Lebens?"

Dieser seltsame Traum mit seinen anmuthigen Schreck= nissen und seinem furchtbaren Zauber, dieses reizende in Musselin drapirte und Blumenblätter zählende Gespenst beschäftigte die Einbildungskraft des jungen Mädchens. Eine schwermüthige Wolke schwebte auf ihrer Stirn und unklare Ahnungen streiften sie mit ihren schwarzen Fittigen.

Hatte dieser Orangenzweig, welcher seine Blüthen auf sie herabschüttelte, nicht ebenfalls eine unheilvolle Bedeu= tung? Sollten diese kleinen jungfräulichen Sterne sich nicht erst unter ihrem Brautschleier entfalten?

Traurig und gedankenvoll nahm Alicia die Blüthe, welche sie zwischen den Lippen hielt, heraus — sie war schon gelb und verwelkt.

Die Stunde, wo Paul von Aspremont seinen Besuch zu machen pflegte, nahete heran. Miß Ward faßte sich gewaltsam, nahm eine heitere Miene an, wickelte die Locken ihres Haars um den Finger, strich die zerknitterten Falten ihres Gazeschleiers glatt und nahm ihr Buch wieder zur Hand, um sich eine bestimmte Haltung zu geben.

Paul trat ein und Miß Ward empfing ihn mit heiterer Miene, weil sie nicht wollte, daß er darüber erschrecke, sie liegend zu finden, denn er hätte dann nicht verfehlt, sich für die Ursache ihrer Krankheit zu halten.

Der Auftritt, den er soeben mit dem Grafen Altavilla gehabt, gab Paul einen erzürnten und grimmigen Gesichts= ausdruck, welcher Vice bewog, die beschwörende Geberde zu machen; Alicia's liebreiches Lächeln verscheuchte jedoch diese Wolke bald wieder.

„Sie sind doch nicht ernstlich krank, hoffe ich?" sagte er zu Miß Ward, indem er sich neben sie setzte.

„O, es ist nichts — blos ein wenig Mattigkeit. Wir hatten gestern Sirocco und dieser afrikanische Wind drückt mich allemal zu Boden. Sie werden aber sehen, wie wohl ich mich in unserm Landhause in Lincolnshire befinden werde. Jetzt, wo ich wieder stark bin, wollen wir abwechselnd mit einander auf dem Teiche rudern."

Indem sie diese Worte sagte, konnte sie einen leichten krampfhaften Husten nicht ganz unterdrücken.

Paul von Aspremont ward bleich und wendete die Augen ab.

Einige Minuten lang herrschte Schweigen im Zimmer.

„Paul, ich habe Ihnen noch nie etwas geschenkt," hob Alicia wieder an, indem sie von ihrem schon abgemagerten Finger einen ganz einfachen goldenen Ring zog. „Nehmen Sie diesen Ring und tragen Sie ihn zum Andenken an mich. Vielleicht können Sie ihn anstecken, denn Sie haben eine Frauenhand. — Abieu — ich fühle mich sehr müde und möchte versuchen zu schlafen. Besuchen Sie mich morgen wieder."

Paul entfernte sich tief bekümmert. Alicia's Bemühungen, ihr Leiden zu verbergen, waren vergeblich gewesen. Er liebte Miß Ward bis zum Wahnsinne und er mordete sie langsam! Dieser Ring, welchen sie ihm soeben gegeben, war er nicht ein Vermählungszeichen für das Jenseits?

Halb von Sinnen irrte er am Meeresgestade hin und her; er dachte an Flucht, er wollte sich in ein Trappistenkloster begraben und hier auf seinem Sarge sitzend den Tod erwarten. ohne jemals wieder die Kapuze seiner Kutte zurückzuschlagen.

Er schalt sich undankbar und feig, daß er seine Liebe nicht opferte, sondern auf diese Weise Alicia's Heroismus mißbrauchte, denn sie war von Allem unterrichtet; sie wußte daß er weiter nichts war als ein Jettatore, wie der Graf

Altavilla versicherte, und von himmlischem Mitleid beseelt, stieß sie ihn gleichwohl nicht zurück!

„Ja," sagte er bei sich selbst, „dieser Neapolitaner, dieser schöne Graf, welchen sie verschmäht, liebt wahrhaft. Seine Leidenschaft beschämt die meinige. Um Alicia zu retten, hat er sich nicht gescheut, Streit mit mir zu suchen und mich zu reizen, mich, einen Jettatore, das heißt nach seinen Begriffen ein Wesen, welches eben so furchtbar ist als ein Dämon. Während er mit mir sprach, spielte er fortwährend mit seinen Amuleten und der Blick dieses berühmten Duellanten, welcher schon drei Gegner niedergestreckt, senkte sich vor dem meinen zu Boden."

In das Hôtel de Rome zurückgekehrt schrieb Paul einige Briefe, machte ein Testament, durch welches er Alles, was er besaß — mit Ausnahme eines Legats für Paddy — Miß Alicia Ward vermachte und traf die übrigen für einen Ehrenmann, welcher den nächstfolgenden Tag sich auf Leben und Tod schlagen will, unumgänglich nothwendigen Verfügungen.

Er öffnete die Polisanderkästchen, wo seine Waffen in mit grüner Serge ausgeschlagenen Abtheilungen verschlossen lagen, wühlte unter Degen, Pistolen und Hirschfängern herum und fand endlich zwei vollkommen gleiche corsische Stilette, die er gekauft hatte, um sie Freunden zum Geschenk zu machen.

Es waren zwei Klingen von reinem Stahl, am Hefte dick, nach der Spitze zu zweischneidig, damascirt und sorgfältig gefaßt.

Dann wählte Paul auch drei Taschentücher aus und machte aus Allem ein Packet.

Dann bedeutete er Scazziga, sich ganz frühzeitig zu einer Excursion in die Umgegend bereit zu halten.

„Ha," sagte er, indem er sich völlig angekleidet auf sein Bett warf, „Gott gebe, daß dieser Kampf mir verderblich sei! Wenn ich so glücklich wäre, den Tod zu finden — dann bliebe Alicia am Leben!"

XIII.

Pompeji, die todte Stadt erwacht nicht des Morgens wie die lebenden Städte, und obschon sie das Aschentuch, welches sie so viele Jahrhunderte lang bedeckte, halb abgeworfen hat, so bleibt sie doch selbst wenn die Nacht entschwindet, schlafend auf ihrer Bahre liegen.

Die Touristen aller Nationen, welche sie während des Tages besuchen, liegen zu dieser Stunde noch in ihren Betten, förmlich zermalmt von den Anstrengungen ihrer Excursionen, und die Morgenröthe beleuchtet, während sie über den Trümmern der Mumienstadt aufgeht, nicht ein einziges menschliches Antlitz.

Nur die Eidechsen kriechen, mit dem Schwanze wackelnd, längs der Mauern und über den rissigen Mosaikboden, ohne sich um das auf der Schwelle der verlassenen Häuser geschrieben stehende „Cave canem" zu bekümmern, und begrüßen freudig die ersten Strahlen der Sonne.

Dies sind die Bewohner, welche auf die antiken Bürger gefolgt sind und wie es scheint, ist Pompeji nur für sie ausgegraben worden.

Es ist ein seltsamer Anblick, im blauen und rosenfarbenen Schimmer des Morgens diesen Leichnam einer mitten in ihren Vergnügungen, ihren Arbeiten und ihrer Civilisation erschlagenen Stadt zu sehen, welche nicht die langsame Auflösung gewöhnlicher Ruinen erfahren.

Man glaubt unwillkührlich, daß die Eigenthümer dieser in ihren geringsten Einzelnheiten erhaltenen Häuser mit ihren griechischen oder römischen Kleidern aus ihren Wohnungen herauskommen, daß die Wagen, deren Gleise man noch auf den Steinplatten sieht, wieder zu rollen anfangen, daß die Zecher wieder in diese Thermopolen treten werden, wo die Becher noch auf dem Marmor des Schanktisches ihre Spur zurückgelassen haben.

Man wandelt wie in einem Traum mitten durch die Vergangenheit; man liest in rothen Buchstaben an der Ecke der Straßen die Ankündigung des heutigen Schauspiels! — Nur sind seit diesem heute über siebzehn Jahrhunderte vergangen.

Bei dem wachsenden Schimmer des jungen Tages scheinen die auf die Mauern gemalten Tänzerinnen ihre Klappern zu bewegen und mit der Spitze ihres weißen Fußes den Rand ihrer Draperie wie rosigen Schaum emporzuheben, ohne Zweifel in der Meinung, daß die Lampen für die Orgien des Triclinium angezündet werden.

Die Liebesgöttinnen, die Satyrn, die heroischen oder grotesken Gestalten versuchen, von einem Sonnenstrahl gleichsam beseelt, die verschwundenen Bewohner zu ersetzen und der todten Stadt eine gemalte Bevölkerung zu geben.

Die bunten Schatten zittern die Wände entlang und der Geist kann sich einige Minuten lang der Täuschung einer antiken Phantasmagorie hingeben.

An diesem Tage aber ward zum großen Schrecken der Eidechsen die heitere Morgenruhe von Pompeji durch einen seltsamen Gast gestört.

An dem Eingange der Straße der Gräber hielt ein Wagen, aus diesem stieg Paul und ging dann zu Fuße weiter nach dem verabredeten Ort.

Er kam zu früh und obschon er mit andern Dingen als mit archäologischen Studien hätte beschäftigt sein sollen, so konnte er doch nicht umhin, unterwegs auf tausend kleine Einzelnheiten zu achten, die er vielleicht in einer gewöhnlichen Situation nicht bemerkt hätte.

Die Sinne, welche von der Seele nicht mehr überwacht werden und sich dann auf eigene Faust üben, besitzen zuweilen eine eigenthümliche Klarheit. Zum Tode Verurtheilte unterscheiden auf dem Wege zum Blutgerüst eine kleine Blume zwischen den Spalten des Pflasters, eine Nummer auf dem Knopf einer Uniform, einen orthographischen Fehler auf einem Aushängeschild oder irgend einen andern kleinlichen Umstand, der für sie eine ungeheure Bedeutung gewinnt.

Paul von Aspremont kam an der Villa des Diomedes,

an dem Grabmal des Mammia, an den Begräbnißplätzen, an dem antiken Thore der innern Stadt, an den Häusern und Kaufläden der Consulstraße vorüber, beinahe ohne einen Blick darauf zu werfen; aber dennoch prägten sich die bunten Bilder dieser Monumente seinem Gehirn mit vollständiger Bestimmtheit ein.

Er sah alles — die bis zur halben Höhe mit rothem oder gelbem Stuck überzogenen gerieften Säulen, die Frescogemälde und die an den Mauern stehenden Inschriften. Eine Vermiethungsanzeige prägte sich sogar seinem Gedächtniß so tief ein, daß seine Lippen mechanisch die lateinischen Worte wiederholten, aber ohne irgend einen Sinn damit zu verbinden.

War es wohl der Gedanke an den Kampf, was Pauls Geist so ausschließlich beschäftigte? Keineswegs; er dachte nicht einmal daran, sein Geist war anderwärts — in dem Sprechzimmer zu Richmond. Er überreichte dem Commodore seinen Empfehlungsbrief und Miß Ward betrachtete ihn verstohlen. Sie trug ein weißes Kleid und Jasminblüthen schmückten ihr Haar. Wie jung, schön und lebhaft war sie — damals!

Die antiken Bäder befinden sich am Ende der Consulstraße, nicht weit von der Fortunastraße. Es kostete Paul von Aspremont keine Mühe sie zu finden.

Er trat in den gewölbten Saal, der von einer Reihe Nischen umgeben ist, welche von Bildsäulen von Terracotta gebildet werden, die einen mit Genien und Laubwerk geschmückten Querbalken tragen. Die Marmorbekleidung, die Mosaikverzierungen, die ehernen Dreifüße sind verschwunden. Es ist von dem alten Glanze nichts mehr übrig als die thönernen Bildsäulen und Wände, die so nackt sind wie die einer Todtengruft. Ein unsicheres Licht, welches durch ein kleines rundes Fenster hereinfällt, gleitet zitternd über die gesprungenen Steinplatten des Fußbodens hin.

Hierher kamen nach dem Bade die Frauen von Pompeji, um ihre schönen feuchten Körper zu trocknen, ihren

Kopfputz wieder in Ordnung zu bringen, ihre Tunica umzuwerfen und sich in dem polirten Kupfer der Spiegel anzulächeln.

Jetzt sollte ein Auftritt ganz anderer Art hier vor sich gehen und Blut auf dem Boden fließen, wo früher Wohlgerüche dufteten.

Einige Augenblicke später erschien auch der Graf Altavilla. Er trug ein Pistolenkästchen in der Hand und zwei Degen unter dem Arm, denn er konnte nicht glauben, daß die von Paul von Aspremont vorgeschlagenen Bedingungen ernstlich gemeint wären. Er hatte darin nur einen mephistophelischen Scherz, einen teuflischen Sarkasmus gesehen.

„Was wollen Sie mit diesen Pistolen und diesen Degen, Graf?" sagte Paul, als er die Waffen sah. „Waren wir nicht über eine andere Kampfweise übereingekommen?"

„Allerdings; aber ich glaubte, Sie würden sich vielleicht anders besinnen. Auf diese Weise hat man sich noch niemals geschlagen," entgegnete der Graf.

„Wäre auch unsere Geschicklichkeit gleich, so würden mir doch meine andern Eigenschaften zu viel Vortheile vor Ihnen geben," antwortete Paul mit bitterem Lächeln. „Ich will damit keinen Mißbrauch treiben. Hier sind zwei Stilette, die ich mitgebracht habe. Untersuchen Sie dieselben; sie sind vollkommen gleich. Hier sind auch Taschentücher, um uns die Augen zu verbinden. — Sehen Sie, sie sind ganz dicht und selbst mein Blick wird dieses Gewebe nicht durchbringen können."

Der Graf Altavilla gab durch eine Geberde seine Zustimmung zu erkennen.

„Wir haben keine Zeugen," sagte Paul, „und einer von uns darf nicht lebendig diesen Raum verlassen. Schreiben wir daher Jeder ein paar Zeilen, welche die Rechtmäßigkeit des Kampfes attestiren — der Sieger wird sie auf die Brust des Todten legen."

„Eine gute Vorsichtsmaßregel!" antwortete lächelnd der

Neapolitaner, indem er einige Zeilen auf ein Blatt in Pauls Notizbuch schrieb, der dann seinerseits dieselbe Formalität erfüllte. Nachdem dies geschehen, zogen die beiden Gegner ihre Röcke aus, verbanden sich die Augen, bewaffneten sich mit ihren Stiletten und ergriffen jeder einen Zipfel des Taschentuches, dieses furchtbaren Bindestrichs zwischen ihrem Haß.

„Sind Sie fertig?" sagte Paul von Aspremont zu dem Grafen Altavilla.

„Ja," antwortete der Neapolitaner in vollkommen ruhigem Tone.

Don Felipe Altavilla war ein Mann von erprobtem Muthe. Er fürchtete auf der Welt nichts als die Jettatura, und dieser blinde Kampf, vor welchem jeder Andere entsetzt zurückgeschaubert wäre, verursachte ihm nicht die mindeste Unruhe. Er spielte auf diese Weise gleichsam nur Kopf oder Wappen um's Leben und hatte nicht die Unannehmlichkeit, das wilde Auge seines Gegners und dessen gelben Blick auf sich schießen zu sehen.

Die beiden Kämpfer schwangen ihre Messer und das Tuch, welches sie einen an den andern knüpfte, spannte sich straff. Mit einer unwillkürlichen Bewegung hatten Paul und der Graf sich mit dem Oberkörper zurückgeworfen. Es war dies die einzige Parade, die bei diesem seltsamen Zweikampfe möglich war. Ihre Arme sanken herab ohne etwas Anderes getroffen zu haben als den leeren Raum.

Dieser Kampf im Finstern, wo jeder das Vorgefühl des Todes hatte, ohne ihn kommen zu sehen, war ein grauenhafter. Grimmig und schweigend prallten die beiden Gegner zurück, drehten sich, sprangen, trafen zuweilen aneinander und stießen bald zu kurz, bald über das Ziel hinaus. Man hörte nur das Trippeln ihrer Füße und das keuchende Athmen ihrer Brust.

Ein Mal fühlte Altavilla die Spitze seines Stilets hart gegen etwas antreffen. Er hielt inne, denn er glaubte

seinen Gegner getödtet zu haben und erwartete ihn nieder=
stürzen zu hören. Er hatte nur die Wand getroffen.

„Zum Teufel! ich glaubte schon Sie durchbohrt zu
haben," sagte er, indem er sich wieder auslegte.

„Sprechen Sie nicht," sagte Paul; „Ihre Stimme ver=
räth mir Ihren Standpunkt."

Und der Kampf begann von Neuem.

Plötzlich fühlten die beiden Gegner sich von einander
losgetrennt. Ein Stiletstoß des jungen Franzosen hatte
das Tuch durchschnitten.

„Halt!" rief der Neapolitaner; „wir haben einander
verloren — das Tuch ist durchschnitten!"

„Was thuts? Fahren wir fort!" sagte Paul.

Todtenstille trat ein. Als ehrliche Feinde wollte weder
Paul von Aspremont noch der Graf die durch den Aus=
tausch dieser wenigen Worte gegebenen Andeutungen be=
nutzen

Sie thaten einige Schritte um ihre Spur zu ver=
wischen und begannen dann sich wieder in der Finsterniß
zu suchen.

Pauls Fuß stieß an einen kleinen Stein. Dieses
leichte Geräusch verrieth dem sein Messer aufs Geradewohl
schwingenden Neapolitaner, in welcher Richtung er seinen
Feind zu suchen hatte. Sich niederbuckend, um sich desto=
mehr Schwung geben zu können, that Altavilla plötzlich
einen Tigersprung und rannte in das Stilet des jungen
Franzosen.

Paul berührte die Spitze seiner Waffe und fühlte, daß
sie naß war. Wankende Tritte bewegten sich mit dumpfem
Geräusche über die Steinplatten hin, ein unterdrückter
Seufzer ließ sich hören und ein Körper stürzte mit schwerem
Schlage zur Erde nieder.

Von Entsetzen gepackt, rieß Paul die Binde ab, welche
seine Augen bedeckte, und sah den Grafen Altavilla bleich,
unbeweglich, ausgestreckt auf dem Rücken liegend und auf
seinem Hemd an der Stelle des Herzens einen großen
runden Blutflecken.

Der schöne Neapolitaner war tobt.

Paul von Aspremont legte auf Altavilla's Brust die Zeilen, welche die Rechtmäßigkeit des Zweikampfes bezeugten, und verließ die antiken Bäder am hellen Tage bleicher als im Mondschein der Verbrecher, welchen Prud'hon von den Rachegöttinnen verfolgen läßt.

XIV.

Gegen zwei Uhr Nachmittags besuchte eine Anzahl englischer Touristen, von einem Cicerone geführt, die Ruinen von Pompeji. Die Insulanergesellschaft, aus Vater, Mutter, drei großen Töchtern, zwei kleinen Knaben und einem Cousin bestehend, hatte schon mit kaltem, gleichgültigem Blick, in welchem man jene tiefe Langeweile las, welche das Volk der Briten charakterisirt, das Amphitheater in Augenschein genommen, eben so wie die, seltsamer Weise nebeneinander stehenden Theater für Trauerspiel und Gesang; ferner das militairische Stadtviertel, welches müßige Schildwachen über und über mit Karrikaturen bekritzelt haben; das Forum, welches gerade bei einem Reparaturbau von dem furchtbaren Naturereigniß überrascht worden; die Basilica, die Tempel der Venus und des Jupiter, das Pantheon und die Kaufläden in der Nähe desselben.

Alle folgten schweigend in ihrem Murray den geschwätzigen Erklärungen des Cicerone und warfen auf die Säulen, die Bruchstücke von Statuen, die Mosaikverzierungen, die Fresken und die Inschriften kaum einen Blick.

Endlich kamen sie auch an die antiken Bäder, die, wie der Führer ihnen bemerklich machte, im Jahre 1842 entdeckt worden waren.

„Hier waren die Badestuben" sagte er, „dort der Ofen

zum Heißmachen des Wassers, weiterhin der Saal, in welchem stets eine gemäßigte Temperatur herrschte."

Diese im neapolitanischen Volksdialekt gegebenen mit einigen englischen Brocken gemischten Erklärungen schien die Fremden nur sehr wenig zu interessiren, so daß diese schon halb Kehrt machten, um sich zu entfernen, als Miß Ethelwina, die älteste der drei Schwestern, eine junge Person mit Flachshaar und Sommersprossen, die ihrer Haut das Ansehen einer Forelle gaben, mit halb verschämter halb erschrockener Miene zwei Schritte zurückprallte und rief: „Ein Mann!"

„Das ist ohne Zweifel ein bei den Ausgrabungen beschäftigter Arbeiter, dem dieser Ort günstig für die Siesta erschienen ist, denn es ist unter diesem Gewölbe kühl und schattig," bemerkte der Führer. „Fürchten Sie nichts, mein Fräulein," setzte er hinzu, indem er dem auf der Erde liegenden Körper einen Fußstoß versetzte. „Heda, wach auf, Faullenzer, und laß die Herrschaften vorbei!"

Der vermeinte Schläfer rührte sich nicht.

„Es ist kein Schlafender, es ist ein Todter," sagte einer der Knaben, der in Folge seiner kleinen Gestalt das eigentliche Aussehen des Leichnams in dem Dunkel besser unterscheiden konnte.

Der Cicerone neigte sich auf den Körper herab und richtete sich mit verstörter Miene schnell wieder empor.

„Es ist ein Ermordeter!" rief er.

„O es ist wirklich sehr unangenehm, in die Nähe solcher Gegenstände zu kommen; tretet zurück, Ethelwina, Kitty, Beß," sagte Mistreß Bracebridge. „Es ziemt sich nicht für junge wohlerzogene Damen, ein so unschickliches Schauspiel zu betrachten. Ist denn keine Polizei in diesem Lande? Der Coroner hätte die Leiche aufheben lassen sollen."

„Ein Papier!" sagte lakonisch der Cousin, welcher lang und steif wie der Laird von Dumbidike in dem „Kerker von Edinburg" nicht wußte, was er mit seiner Person anfangen sollte.

„Wirklich," sagte der Führer, indem er das mit einigen Zeilen beschriebene Blatt von Altavilla's Brust nahm.

„Leset!" riefen die Insulaner wie aus einem Munde, denn ihre Neugier war nun im höchsten Grade rege gemacht.

Der Führer las:

„Man suche nicht den Urheber meines Todes zu ermitteln und belästige überhaupt Niemanden deswegen. Wenn man diese Zeilen auf meiner Wunde findet, so bin ich in einem rechtmäßigen Zweikampf unterlegen."

„Unterz. Felipe, Graf von Altavilla."

„Das ist ein feiner, vornehmer Mann gewesen — wie schade!" seufzte Mistreß Bracebridge, auf welche die Grafenwürde des Todten keinen geringen Eindruck machte.

„Und wie hübsch er ist!" murmelte leise Ethelwina, die junge Dame mit den Sommersprossen.

„Nun," sagte Beß zu Kitty, „kannst Du Dich nicht mehr beklagen, daß man auf Reisen nichts Unvorhergesehenes erlebe. Allerdings sind wir auf dem Wege von Terracina nach Fondi nicht von Räubern angefallen worden, aber einen vornehmen jungen Herrn von einem Dolchstich durchbohrt in den Ruinen von Pompeji zu finden, ist doch gewiß auch ein Abenteuer. Ohne Zweifel liegt dabei Eifersucht zu Grunde und wir werden nun unsern Freundinnen wenigstens etwas Italienisches, Malerisches und Romantisches zu erzählen haben. Ich werde eine Zeichnung von dem Schauplatze meinem Album einverleiben und Du wirst das Ereigniß in einigen geheimnißvollen Versen à la Lord Byron schildern."

„Mag die Sache sein wie sie will," bemerkte der Führer, „so ist der Stoß jedenfalls in ganz regelmäßiger Weise von unten nach oben geführt worden — dagegen läßt sich nichts erinnern."

Dies war die Leichenrede, welche dem Grafen Altavilla gehalten ward.

Einige von dem Cicerone benachrichtigte Arbeiter holten

die Gerichtsbehörde herbei und die Leiche des armen Altavilla ward nach seinem Schlosse bei Salerno geschafft.

Was Paul von Aspremont betraf, so hatte er sich mit offenen Augen wie ein Nachtwandler und ohne etwas zu sehen nach seinem Wagen zurückbegeben. Er glich einer wandelnden Bildsäule.

Obschon er bei dem Anblick der Leiche jenes fromme Grauen empfunden, welches der Tod einflößt, so fühlte er sich doch nicht schuldig und seine Verzweiflung war nicht mit Reue oder Gewissensbissen gemischt.

Auf eine Weise herausgefordert, die eine Ablehnung unmöglich machte, hatte er dieses Duell nur in der Hoffnung angenommen, dabei ein ihm fortan verhaßtes Leben einzubüßen. Mit einem verderblichen Blicke begabt, hatte er einen blinden Kampf gewollt, damit das Verhängniß allein verantwortlich wäre. Ueberdies hatte seine Hand nicht einmal den Stoß geführt, sondern sein Gegner hatte sich selbst die Klinge ins Herz gerannt.

Er beklagte den Grafen Altavilla, als ob er keine Schuld an dessen Tode hätte.

„Mein Stilet hat ihn getödtet," sagte er bei sich selbst, „wenn ich ihn aber auf einem Balle angesehen hätte, so wäre ein Kronleuchter von der Decke herabgefallen und hätte ihm den Kopf zerschmettert. Ich bin unschuldig wie ein Blitz, wie die Lawine, wie der Giftbaum, wie alle zerstörenden, sich ihrer selbst unbewußten Naturkräfte. Niemals hatte ich eine böswillige Absicht, mein Herz ist nur Liebe und Wohlwollen, aber ich weiß, daß ich schädlich bin. Der Donner weiß nicht, daß er tödtet, aber habe ich, ein Mensch, ein mit Vernunft begabtes Wesen, nicht mir selbst gegenüber eine strenge Pflicht zu erfüllen? Ich muß mich vor meinen eigenen Richterstuhl citiren und mich verhören. Darf ich auf dieser Erde bleiben, wo ich nur Unheil stifte? Würde Gott mich verdammen, wenn ich mir aus Liebe zu meinen Mitmenschen das Leben nähme? Eine furchtbare geheimnißvolle Frage, die ich nicht zu lösen wage. In der Stellung, in der ich mich befinde, scheint es mir aber doch, als ob ein freiwilliger Tod zu entschuldigen wäre. Wenn ich mich aber nun doch irrte? Dann wäre ich in alle Ewigkeit des Anblicks meiner Alicia beraubt, die ich dann ansehen könnte, ohne ihr zu schaben, denn die Augen der Seele haben nicht den Fascino. — Dies ist eine Gefahr, auf die ich es nicht ankommen lassen will."

Ein plötzlicher Gedanke durchzuckte das Hirn des unglücklichen Jettatore und unterbrach sein stilles Alleingespräch. Seine Züge verklärten sich; die unerschütterliche heitere Ruhe, welche auf große Entschlüsse folgt, glättete seine bleiche Stirn. Er hatte einen erhabenen Entschluß gefaßt.

"Seid verdammt, meine Augen, da ihr mordet; ehe ihr euch aber auf immer schließt, sättigt euch an dem Licht, betrachtet die Sonne, den blauen Himmel, das unermeßliche Meer, bit blauen Nebelberge, die grünen Bäume, ben grenzenlosen Horizont, die Säulengänge der Paläste, die Hütte des Fischers, die fernen Inseln des Golfs, das weiße, an dem Abgrund hinstreichende Segel, den Vesuv mit seiner Rauchkrone; betrachtet, um euch ihrer zu erinnern, alle diese bezaubernden Bilder, die ihr nicht wiedersehen werdet; studirt jede Gestalt und jede Farbe, bereitet euch ein letztes Fest. Heute könnt ihr, möget ihr verderblich sein oder nicht, noch auf Allem weilen. Berauscht euch in dem prachtvollen Anblick der Schöpfung! Gehet, sehet, schweift umher. Bald wird zwischen euch und der strahlenden Bühne des Weltalls der Vorhang fallen!"

In diesem Augenblick fuhr der Wagen das Meeresgestabe entlang. Die strahlende Bai funkelte, der Himmel schien aus einem einzigen Saphir geschnitten zu sein — alles war mit dem Glanze der Schönheit überkleidet.

Paul befahl Scazziga, Halt zu machen, stieg aus dem Wagen, setzte sich auf einen Felsblock und schaute lange, lange, lange, als ob er den unendlichen Raum in sich aufnehmen wollte. Seine Augen ersäuften sich gleichsam in Raum und Licht, verdrehten sich wie verzückt, schwängerten sich mit Licht, sogen sich voll Sonnenschein! Die Nacht, welche folgen sollte, durfte für ihn kein Abendroth haben.

Endlich jedoch entriß er sich dieser stummen Betrachtung, stieg wieder in den Wagen und begab sich zu Miß Alicia Warb.

Sie lag wie am Tage vorher auf ihrem schmalen Sopha in dem niedrigen Zimmer, welches wir schon beschrieben haben. Paul stellte sich ihr gegenüber, hielt aber diesmal nicht die Augen auf den Boden geheftet, wie er bis jetzt gethan, seitdem er das Bewußtsein seiner Jettatura erlangt.

Die so vollkommene Schönheit Alicia's ward durch das Leiden vergeistigt. Das Weib war beinahe verschwunden, um dem Engel Platz zu machen. Ihr Körper war durchsichtig, ätherisch, leuchtend; man sah die Seele hindurchschimmern wie die Seele in einer Alabasterglocke. Ihre Augen besaßen die Unendlichkeit des Himmels und den milden Glanz der Sterne. Das Leben gab nur schwach in dem Incarnat der Lippen sich kund.

Ein göttliches Lächeln verklärte ihren Mund wie ein Sonnenstrahl eine Rose verklärt, als sie die Blicke ihres Verlobten mit tief innigem Ausdruck auf sich geheftet sah. Sie glaubte, Paul habe nun endlich seine unglücklichen Jettatura-Gedanken verbannt und käme glücklich, heiter und vertrauensvoll wie in frühern Tagen zu ihr zurück. Sie reichte ihm ihre bleiche, schmale Hand.

„Du fürchtest Dich also wohl nicht mehr vor mir?" sagte sie mit sanfter Ironie zu Paul, der die Augen fortwährend auf sie geheftet hielt.

„O gestatte mir, Dich zu betrachten," antwortete Paul in eigenthümlichem Tone, indem er neben dem Sopha niederkniete; „gestatte mir, mich in dieser unaussprechlichen Schönheit zu berauschen!"

Und er betrachtete mit gierigem Blicke Alicia's glänzend schwarzes Haar, ihre schöne Stirn — rein wie griechischer Marmor, ihre Augen — schwarzblau wie der Azur einer schönen Nacht, ihre feingeformte Nase, ihren Mund, dessen Perlen ein schmachtendes Lächeln halb sichtbar machte, ihren biegsamen schlanken Schwanenhals, und schien auf jeden Zug, jede Einzelnheit, jede Vollkommenheit zu merken wie ein Maler, der ein Portrait aus der Erinnerung zu malen gedenkt. Er sättigte sich an dem angebeteten Bilde, er sammelte gleichsam einen Vorrath von Erinnerungen.

Unter diesem glühenden Blick empfand Alicia, bestrickt und bezaubert, ein wollüstig schmerzliches angenehm tödtliches Gefühl; ihre Lebenskraft stieg und fiel; sie erröthete und erbleichte; sie ward kalt und dann wieder glühend. — Noch eine Minute und ihre Seele wäre von ihr gewichen.

Sie legte ihre Hand auf Pauls Augen, aber die Blicke des jungen Mannes durchdrangen Alicia's durchsichtige und abgezehrte Finger wie eine Flamme.

„Nun können meine Augen verlöschen — ich werde Dich immer in meinem Herzen sehen," sagte Paul, indem er sich erhob.

Am Abend, nachdem er dem Sonnenuntergange — dem letzten, den er sehen sollte — beigewohnt, ließ er als er in das Hôtel de Rome zurückgekehrt war, sich ein Kohlengefäß und Holzkohlen bringen.

„Will er sich ersticken," sagte Virgilio Falsacappa bei sich selbst, indem er Paddy übergab, was dieser im Namen seines Herrn von ihm verlangte. „Das wäre allerdings das Beste, was er thun könnte, dieser verwünschte Jettatore!"

Alicia's Verlobter öffnete im Widerspruch mit Falsacappa's Vermuthung das Fenster, zündete die Kohlen an, steckte die Klinge eines Dolches hinein und wartete, bis das Eisen roth würde.

Die dünne Klinge ward in der heftigen Gluth sehr bald weißglühend. Paul stützte sich, wie um Abschied von sich selbst zu nehmen, auf den Kamin, einem großen Spiegel gegenüber, welcher den Schein der Kerzen eines Armleuchters zurückwarf.

Er betrachtete diese Art Gespenst, welche er selbst war, diese Hülle seines Gedankens, welche er nicht wiedersehen sollte, mit wehmüthigem Interesse.

„Leb wohl, bleiches Gespenst, welches ich seit so vielen Jahren durch das Leben trage," sagte er; „verfehlte unheimliche Gestalt; in welcher die Schönheit sich mit dem Entsetzlichen mischt; arme Hülle, die ein verhängnißvolles Siegel an der Stirn trägt; verzerrte Larve einer sanften weichen Seele; Du sollst auf immer für mich verschwinden. Noch lebend tauche ich Dich in ewige Finsterniß und bald werde ich Dich vergessen haben wie den Traum einer Gewitternacht. Vergebens sagst Du, elender Körper, zu meinem unbeugsamen Willen: „Hubert, Hubert, meine armen Augen! Du wirst ihn nicht rühren. Wohlan an's Werk, Schlachtopfer und Henker."

Und er entfernte sich von dem Kamin, um sich auf den Rand seines Bettes zu setzen.

Er blies die auf einem nahen Tische stehenden Kohlen zu frischer Gluth an und faßte dann den Griff der Klinge, welcher knisternd weiße Funken entsprüheten.

In diesem furchtbaren Augenblick fühlte Paul, wie groß auch seine Entschlossenheit war, sich gleichsam von einer Ohnmacht übermannt. Ein kalter Schweiß benetzte seine Schläfe, aber schnell bemeisterte er dieses rein physische Schwanken und drückte sich das glühende Eisen auf die Augen.

Ein scharfer, entsetzlicher, unerträglicher Schmerz hätte ihm beinahe einen lauten Schrei ausgepreßt. Es war ihm, als wenn zwei Strahlen geschmolzenen Bleies ihm durch die Augensterne bis in den Hintergrund des Gehirnes drängen. Der Dolch entsank seiner Hand, fiel auf die Diele und ließ auf dieser eine braune Spur zurück.

Ein dichter undurchbringlicher Schatten, neben welchem die finsterste Nacht glänzender Tag ist, warf seinen schwarzen Schleier über ihn. Er wendete den Kopf nach dem Kamin, auf welchem noch die Kerzen brennen mußten, er sah nur dichte undurchbringliche Finsterniß, in welcher nicht einmal mehr jener unbestimmte Schimmer zitterte, welchen die Sehenden noch mit geschlossenen Augen gewahren, wenn sie sich einem Lichte gegenüber befinden.

Das Opfer war vollbracht!

„Jetzt," sagte Paul, „jetzt, edles reizendes Wesen, kann ich Dein Gatte werden, ohne ein Mörder zu sein. Du wirst nicht mehr heldenmüthig unter meinem verderblichen Blick umkommen; Du wirst Deine Gesundheit und Lebenskraft wiedergewinnen. Ich werde Dich nicht mehr sehen, Dein himmlisches Bild aber wird in meiner Erinnerung von unsterblichem Glanze strahlen. Ich werde Dich mit dem Auge der Seele sehen; ich werde Deine Stimme hören, welche harmonischer ist als die süßeste Musik; ich werde die durch Deine Bewegungen mitbewegte Luft fühlen; ich werde das seidene Rauschen Deines Gewandes, das kaum hörbare Knistern Deines Schuhes erlauschen; ich werde den leichten Duft athmen, der Dir entströmt und Dich wie eine Atmosphäre umgiebt. Zuweilen wirst Du Deine Hand in den meinigen lassen, um mich von Deiner Nähe zu überzeugen; Du wirst Deinen armen Blinden führen, wenn sein Fuß auf dem finstern Pfade strauchelt; Du wirst ihm die Dichter vorlesen, Du wirst ihm die Gemälde und die Statuen erzählen. Durch Dein Wort wirst Du ihm das entschwundene Weltall zurückgeben; Du wirst sein einziger Gedanke, sein einziger Traum sein; befreit von der Zerstreuung der Dinge und dem Blenden des Lichtes, wird seine Seele mit unermüdlicher Schwinge nur Dir entgegenfliegen!

„Ich betraure nichts, da ja Du gerettet bist. Was habe ich auch in der That verloren? Das eintönige Schauspiel der Jahreszeiten und der Tage, den Anblick der mehr oder weniger malerischen Decorationen, zwischen welchen die hundert verschiedenen Acte der traurigen menschlichen Komödie sich abspielen. — Die Erde, der Himmel, das Wasser, die Berge, die Bäume, die Blumen — was sind sie weiter, als sich immer wiederholende Formen, welche zuletzt langweilen. Wenn man die Liebe hat, so besitzt man die wahre Sonne, den Glanz, der nie erlischt."

So sprach im Stillen und mit sich allein der unglückliche Paul von Aspremont in fieberhaft dichterischer Exaltation, in welcher sich zuweilen der Wahnsinn des Schmerzes mischte.

Allmälig jedoch minderten sich diese Schmerzen und er sank in jenen schwarzen Schlaf, der ein Bruder des Todes ist und ein Tröster wie er.

Das in das Zimmer bringende Tageslicht weckte ihn nicht auf. — Mittag und Mitternacht sollten fortan für ihn ein und dieselbe Farbe haben; die das Angelus läutenden Glocken aber summten unklar durch seinen Schlaf und rüttelten, allmälig deutlicher werdend, ihn aus seiner Erstarrung auf.

Er hob die Augenlider und ehe seine noch schlafende Seele sich besann, fühlte er eine entsetzliche Empfindung. Seine Augen öffneten sich der Leere, der Finsterniß, dem Nichts, als ob er, lebendig begraben, im Sarge vom Scheintod erwachte; doch sammelte er seine Gedanken nun sehr schnell. Mußte es nun nicht immer so sein? Mußte er nicht jeden Morgen aus der Finsterniß des Schlafes in die Finsterniß des Wachens übergehen?

Tastend suchte er die Klingelschnur.

Pabby kam herbeigeeilt.

Als dieser seinen Erstaunen kundgab, seinen Herrn mit den unsichern Bewegungen eines Blinden sich erheben zu sehen, sagte Paul, um jede Erklärung kurz abzuschneiden:

„Ich bin so unvorsichtig gewesen, bei offenem Fenster zu schlafen und habe mir dadurch ein Augenübel zugezogen. Dies wird aber vorübergehen. Führe mich nach meinem Sessel und setze mir ein Glas frisches Wasser in die Nähe."

Pabby, der eine ächt englische Discretion besaß, machte keine Bemerkung, sondern vollführte die Befehle seines Herrn und entfernte sich dann.

Als Paul allein war, tauchte er sein Taschentuch in

das kalte Wasser und hielt es sich auf die Augen, um den durch das Blenden verursachten brennenden Schmerz zu dämpfen.

Lassen wir jetzt Paul von Aspremont in seiner von Schmerzen gefolterten Unbeweglichkeit und beschäftigen wir uns ein wenig mit den andern Personen unserer Geschichte.

Die Kunde von dem seltsamen Tod des Grafen Altavilla hatte sich rasch in ganz Neapel verbreitet und gab Stoff zu tausend Muthmaßungen, von welchen die einen immer extravaganter waren als die andern.

Die Geschicklichkeit des Grafen als Fechter war bekannt. Altavilla galt für einen der besten Zöglinge jener neapolitanischen Schule, welche im Zweikampf so furchtbar ist. Er hatte drei Gegner getödtet und fünf oder sechs schwer verwundet. Sein Ruf war in dieser Beziehung so fest begründet, daß er sich nicht mehr schlug. Die renommirtesten Duellanten grüßten ihn höflich und vermieden, selbst wenn er sie von der Seite angesehen hätte, ihm auf den Fuß zu treten. Hätte einer dieser Eisenfresser den Grafen getödtet, so hätte er sicher nicht ermangelt, sich eines solchen Sieges zu rühmen.

Es blieb sonach nur die Voraussetzung eines Meuchelmordes übrig, die aber wiederum durch den auf der Brust des Todten gefundenen Zettel widerlegt ward. Anfangs bestritt man die Aechtheit der Schrift; die Hand des Grafen ward jedoch von Personen anerkannt, welche mehr als hundert Briefe von ihm erhalten hatten.

Der Umstand hinsichtlich der verbundenen Augen — denn der Leichnam trug noch ein Taschentuch um den Kopf gebunden — schien aber immer noch unerklärlich. Man fand außer dem in der Brust des Grafen steckenden Stilet noch ein zweites, welches ohne Zweifel seiner sterbenden Hand entsunken war; wenn aber der Kampf auf Messer stattgefunden hatte, welchen Zweck hatten dann diese Degen und diese Pistolen gehabt, welche man als das Eigenthum des Grafen erkannte, dessen Kutscher erklärte, er habe seinen Herrn nach Pompeji gefahren und von ihm Befehl erhalten, nach Hause zurückzukehren, wenn er nach Verlauf einer Stunde nicht wieder zum Vorschein käme.

Wie sollte man sich dies alles erklären?

Das Gerücht von diesem Todesfall drang auch bald zu Vice's Ohren, welche Sir Josua Warb davon in Kenntniß setzte. Der Commodore, der sich sofort der geheimnißvollen Unterredung erinnerte, welche Altavilla wegen Alicia's mit ihm gehabt, sah darin in verworrener Weise einen schwarzen Anschlag, einen entsetzlichen und verzweifelten Kampf, an welchem Paul von Aspremont freiwillig oder unfreiwillig betheiligt gewesen sein mußte.

Was Vice betraf, so zögerte sie nicht, den Tod des schönen Grafen dem widerwärtigen Jettatore beizumessen, und ihr Haß vertrat hierbei die Stelle eines zweiten Gesichts. Dennoch aber hatte Paul von Aspremont seiner Verlobten zu der gewohnten Stunde seinen Besuch gemacht und nichts in seiner Miene oder Geberde hatte die Gemüthsbewegung eines furchtbaren Dramas verrathen. Er hatte sogar ruhiger zu sein geschienen als gewöhnlich.

Der Tod des Grafen warb Miß Warb verschwiegen, denn ihr Zustand warb beunruhigend, ohne daß der von Sir Josua herbeigerufene englische Arzt eine bestimmt ausgeprägte Krankheit zu erkennen vermocht hätte. Es war mehr wie ein gewisses Hinschwinden des Lebens, wie ein Zucken der Seele, welche mit den Flügeln schlug, um ihren Aufflug zu nehmen, wie das Ersticken eines Vogels unter der Luftpumpe, als ein wirkliches Uebel, welchem man mit den gewöhnlichen Mitteln hätte entgegenarbeiten können.

Alicia glich einem mit Gewalt auf Erden zurückgehaltenen Engel, der am Heimweh nach dem Himmel krankt. Ihre Schönheit war so hold, so zart, so durchsichtig, so ätherisch, daß die grobe menschliche Atmosphäre nicht mehr taugen konnte, von ihr geathmet zu werden.

Man dachte sie sich in dem goldenen Lichte des Para=

dieses schwebend und das kleine Spitzenkissen, auf welchem ihr Haupt ruhete, strahlte wie eine Glorie. Sie glich auf ihrem Bette der Madonna von Schoorel, dem schönsten Juwel in der Krone der gothischen Kunst.

Paul von Aspremont kam diesen Tag nicht. Um sein Opfer zu verheimlichen, wollte er nicht mit gerötheten Augenlidern erscheinen, und behielt sich vor, seine plötzliche Blindheit einer ganz andern Ursache zuzuschreiben.

Am nächstfolgenden Tage, als er keinen Schmerz mehr fühlte, stieg er von seinem Groom Paddy geführt in seine Kalesche.

Der Wagen hielt wie gewöhnlich an der Gitterpforte. Der freiwillige Blinde stieß sie auf, sondirte das Terrain mit dem Fuße und betrat die bekannte Allee.

Vice war nicht, ihrer Gewohnheit gemäß, bei dem Läuten der Klingel herbeigeeilt, welche durch das Oeffnen der Gitterpforte in Bewegung gesetzt ward. Keines jener tausend kleinen munteren Geräusche, welche gleichsam das Athmen eines lebenden Hauses sind, schlug an Pauls aufmerksames Ohr. Ein düsteres tiefes unheimliches Schweigen herrschte in der Wohnung, welche völlig verlassen zu sein schien.

Dieses Schweigen, welches selbst für einen Sehenden grauenerweckend gewesen wäre, ward dies noch mehr in der Finsterniß, welche den Neuerblindeten einhüllte.

Die Zweige, welche er nicht mehr sah, schienen ihn zurückhalten zu wollen wie bittende Arme und ihm am Weitergehen zu hindern. Die Lorbeerbäume versperrten ihm den Weg; die Rosensträucher klammerten sich an seine Kleider, die Lianen faßten ihn an den Füßen, der ganze Garten sagte in seiner stummen Sprache zu ihm:

„Unglücklicher, was willst Du hier? Sprenge nicht die Hindernisse, welche ich Dir entgegen stelle –– kehr' um!"

Paul aber hörte nicht, sondern schlug sich, von furchtbaren Ahnungen gestachelt, durch das Laubwerk hindurch, zerbrach die Zweige, zerriß die Ranken und drang in der Richtung des Hauses immer weiter vor.

Von den erzürnten Aesten zerschlagen und zerkratzt, gelangte er zuletzt an das Ende der Allee. Eine Welle freie Luft schlug an sein Gesicht und er setzte mit vorgestreckten Händen seinen Weg weiter fort.

Er stieß an die Mauer und fand tastend die Thür. Er trat ein — keine befreundete Stimme hieß ihn willkommen. Da er keinen Laut hörte, der ihm hatte zur Richtschnur dienen können, so blieb er einige Minuten zögernd auf der Schwelle stehen.

Ein Geruch von Aether und brennendem Wachs, eine Ausströmung von stark würzigen Düften, alle in einander verschwimmenden betäubenden Dünste eines Sterbezimmers schlugen an den Geruchsinn des vor Entsetzen bebenden Blinden.

Ein furchtbarer Gedanke drängte sich seinem Gemüth auf und er trat in das Zimmer.

Nachdem er einige Schritte gethan, stieß er an etwas, was mit großem Getöse umfiel. Er bückte sich und überzeugte sich durch Betasten daß es ein großer metallener Leuchter war, wie man sie in den Kirchen sieht, und der eine lange Wachskerze trug.

Betäubt und verwirrt setzte er seinen Weg durch die Finsterniß weiter fort. Er glaubte, eine Stimme zu hören, welche leise Gebete murmelte; er that noch einen Schritt und seine Hände stießen an den Rand eines Bettes. Er bückte sich und seine zitternden Finger streiften zuerst einen unter einer feinen Decke gerade und unbeweglich ausgestreckten Körper, dann einen Kranz von Rosen und ein Gesicht, welches kalt und glatt war wie Marmor.

Es war Alice auf dem Todtenbett.

„Todt!" rief Paul mit halb ersticktem Röcheln; „todt! und ich bin es, der sie getödtet hat!"

Der vor Schrecken erstarrte Commodore hatte dieses Gespenst mit den erloschenen Augen hereintaumeln, aufs Gerathewohl umherirren und an das Bett seiner Nichte stoßen sehen. Er hatte alles begriffen.

Die Größe dieses nutzlosen Opfers entlockte zwei Thränen den gerötheten Augen des Greises, welcher schon geglaubt hatte, er könne nicht mehr weinen. Paul warf sich neben dem Bett auf die Knie nieder und bedeckte Alicia's eisige Hand mit Küssen. Krampfhaftes Schluchzen schüttelte seinen Körper. Sein Schmerz rührte selbst die grimmige Vice, welche schweigend und düster an der Wand lehnte und den letzten Schlaf ihrer Gebieterin bewachte.

Als dieser stumme Abschied beendet war, erhob sich Paul von Aspremont und lenkte, starr wie ein durch Federkraft in Bewegung gesetzter Automat, seine Schritte nach der Thür. Seine offenen stieren Augen mit den glanzlosen Sternen hatten einen gespenstischen Ausdruck; obschon sie blind waren, hätte man doch meinen sollen, sie sähen. Mit schwerfälligem Tritt, gleich dem eines marmornen Phantoms, durchschritt er den Garten, trat ins Freie hinaus und ging immer gerade aus, die Steine mit dem Fuße beiseite schiebend, zuweilen stolpernd und fortwährend horchend, wie um ein Geräusch in der Ferne zu erlauschen, aber immer gerade aus.

Die laute Stimme des Meeres dröhnte immer deutlicher und deutlicher. Die von einem Sturme gepeitschten Wogen brachen sich mit unermeßlichem Schluchzen, dem Ausdruck unbekannter Schmerzen, am Gestade und blähten unter den Schaumfalten ihre verzweifelte Brust. Millionen bittere Thränen rieselten auf die Felsen herab und die aufgescheuchten Wasservögel stießen ein klagendes Geschrei aus.

Es dauerte nicht lange, so gelangte Paul an den Rand eines überhangenden Felsens. Das Getöse der Brandung, der salzige Regen, welchen der Sturm den Wellen entriß und ihm ins Gesicht warf, hätte ihn vor der Gefahr warnen sollen. Er achtete aber nicht darauf. Ein seltsames Lächeln umspielte seine bleichen Lippen und er setzte seinen unheimlichen Gang weiter fort, obschon er den leeren Raum unter seinem schwebenden Fuße fühlte.

Er stürzte. Eine ungeheure Woge packte ihn, wirbelte

ihn einige Augenblicke lang mit Blitzesschnelligkeit im Kreise herum und verschlang ihn.

Nun brach der Orkan mit seiner ganzen Wuth los. Die Wellen stürzten in festgeschlossenen Reihen wie stürmende Krieger dem Gestade entgegen und schleuderten Schaumwolken fünf Fuß hoch in die Luft empor. Schwarze Wolken thürmten sich auf wie eiserne Mauern und ließen durch ihre Risse hindurch die rothe Gluth der Blitze leuchten. Schwefelige blendende Flammen erhellten den unermeßlichen Raum. Der Gipfel des Vesuvs ward glühend und eine schwarze Dunstwolke, welche der Wind niederschlug, umwogte die Stirn des Vulkans. Die am Ufer liegenden Fischerbarken schlugen mit unheimlichem Getöse an einander und das zu scharf gespannte Tauwerk ächzte und knarrte. Es dauerte nicht lange, so strömte auch pfeifend und in furchtbaren Güssen der Regen hernieder — es war, als ob das Chaos sich wieder in den Besitz der Natur setzen und die Elemente aufs Neue durcheinander werfen wollte.

Pauls Leiche ward niemals aufgefunden, so viele und andauernde Nachsuchungen auch der Commodore darnach anstellen ließ.

Ein Sarg von Ebenholz mit silbernen Haken und Handhaben und mit Atlas ausgeschlagen — kurz ein solcher wie der, welchen Miß Clarissa Harlowe mit so rührender Ausführlichkeit bei „dem Herrn Tischler" bestellt, ward unter Aufsicht des Commodore an Bord einer Yacht eingeschifft und in der Familiengruft des Landhauses in Lincolnshire beigesetzt. Er enthielt die sterbliche Hülle der bis in der Tod schönen Alicia Ward.

Was den Commodore betrifft, so ist mit diesem eine auffallende Veränderung vorgegangen. Seine stattliche Wohlbeleibtheit ist verschwunden. Er gießt keinen Rum mehr in seinen Thee, ißt nur ganz wenig, spricht den ganzen Tag kaum zwei Worte und der Contrast zwischen seinem weißen Backenbart und seinem dunkelrothen Gesicht besteht nicht mehr — der Commodore ist blaß geworden.